DU MÊME AUTEUR

Aux Éditions Nicolas Eybalin

LES FRONTS CLANDESTINS, *nouvelles*, 2014.

Aux Éditions Gallimard

LES ÂMES ROUGES, *roman*, 2016. Prix Roger-Nimier. Bourse de la Découverte Fondation Prince Pierre de Monaco.

CADENCE SECRÈTE. LA VIE INVISIBLE D'ALFRED SCHNITTKE, *récit*, 2017. Prix Pelléas-Radio Classique 2018.

MAÎTRES ET ESCLAVES, *roman*, 2018 (« Folio » n° 6757). Prix Jean-Giono 2018. Prix de soutien à la création littéraire de la Fondation Del Duca 2018. Prix des Lecteurs de Levallois 2019.

ART NOUVEAU, *roman*, 2020. Prix du Salon du livre de Chaumont 2021.

L'ÉTAU, *roman*, 2022. Prix littéraire de Pont-L'Évêque 2022.

PHRASE D'ARMES

PAUL GREVEILLAC

PHRASE D'ARMES

roman

nrf

GALLIMARD

Pour les chanceux, aussi

À M. C.

for life's not a paragraph

And death i think is no parenthesis

E. E. CUMMINGS

Mais si c'est lui, ce n'est pas tout à fait lui.

Jean ROUAUD

I

Los Angeles

1

À l'aide d'une longue-vue, on peut déjà la voir. Drapée dans sa toge vert-de-gris, elle tend sa torche d'un bras ferme. Elle scrute l'horizon à la recherche du bien le plus précieux. Elle lui doit d'ailleurs son nom. *Miss Liberty* est impassible. Elle guide les embarcations d'un air dur. Elle se mérite. Elle contient peut-être aussi une saine colère à voir le peu de cas, l'immense gâchis qu'on fait souvent de sa promesse. Elle se sent un peu idiote de tenir cette torche, cette tablette qui pèse une tonne, pour tous ces nouveaux arrivants qui, touchant du doigt la liberté qu'elle leur offre, s'empressent si vite de lui tourner le dos.

Mais un paquebot approche. Il vient de France... Est-on libre, là-bas ?

Le *Lafayette* baigne en tout cas dans une atmosphère délicieuse. Est-ce à cause du jazz que diffusent les haut-parleurs ? Nous sommes en 1932. Duke Ellington et son orchestre affirment avec entrain que rien ne vaut qui ne swingue. La grosse cheminée expire un filet d'orage, qui vient se dissoudre dans le ciel d'un été invincible. Il fait si bon sur le deck.

Un homme, pourtant, a la mine sombre.

Il est accoudé au bastingage. Il regarde d'un air mauvais les mouettes, de plus en plus nombreuses, qui annoncent que la côte est proche. Il tient dans les mains ce qui semble être un volume des écrits de Cicéron. S'imagine-t-il être la victime de quelque conspiration ? Pense-t-il à cette phrase du célèbre orateur : « Admettre une série de causes éternellement enchaînées dépouille l'homme de sa volonté libre et le rend esclave du destin » ? Il a la tête d'un type à qui son destin échappe.

Comme on le rejoint, il se rassérène. On ne le prendra jamais à se morfondre. C'est un homme du monde. C'est d'ailleurs, si l'on veut, la raison de sa présence ici. À Paris, on vient de lui refuser la défense du dénommé Gorgulov. L'assassin du président de la République. L'affaire aurait pu lancer sa carrière d'avocat. Mais parce que ses parents sont des proches de la famille Doumer, on a estimé qu'il ne serait pas en mesure de défendre le Russe. Il est ici presque à contrecœur. Pendant la traversée de l'Atlantique, pendant les entraînements sur le pont, il a longuement ressassé. Cela ne s'est pas vu. En société, il est l'homme le plus souriant, le plus charmant qui soit. Il est champion de fleuret. C'est seulement lorsqu'il est seul qu'il se permet de baisser la garde.

— Dame... C'que c'est beau...

On a quitté Le Havre pour New York sept jours plus tôt. Fin, élancé, le fleurettiste dépasse le mètre quatre-vingts. Celui qui vient se tenir à ses côtés est beaucoup moins grand. Menu. Voire trapu. Il fait partie de l'équipe de France de cyclisme. Si le vélo est sa monture de prédilection, c'est aussi parce qu'il est allergique aux chevaux. Par malheur, il s'est vu attribuer une cabine juste au-dessus de leur box. Il n'a pas voulu en changer. Il a eu l'élégance de remarquer que l'un des cavaliers, vert depuis le départ, avait le mal de mer et qu'il était bien plus à plaindre. Fuyant sa cabine, le cycliste a passé la majeure partie du voyage sur le pont, sous les embruns, à s'entraîner avec une chaîne grippée à cause du sel. Bien lui en a pris. Il sera bientôt médaillé.

Miss Liberty grandit à vue d'œil. Derrière elle se dresse la ville. Les cathédrales d'un nouveau dieu. Son appétit de Moloch. Les deux hommes regardent New York en silence. L'un bourgeois, l'autre prolétaire, ils se découvrent également provinciaux face au nouveau centre du monde.

Ils ont la gorge inexplicablement serrée lorsque le *Lafayette* accoste. Ils sont comme des gamins abordant l'île au trésor. Ils découvrent que le monde a grandi. La violence, la force, l'envie, et l'ambition qui font et qui défont les hommes. En contrebas, on amarre déjà le paquebot. Dans un sourire qui flotte, le fleurettiste ouvre son gros volume de Cicéron. Ce n'est pas un livre, c'est une cachette. Les pages en semblent agglomérées. Elles creusent un rectangle duquel l'avocat produit un paquet de cigarettes sans filtre. Le cycliste rigole franchement. Il a un rire un peu liquoreux, comme un apéritif dont on ne veut pas abuser, dont on ne peut pas s'empêcher d'abuser. Les deux sportifs échangent un regard complice. Ils se coiffent de leurs bérets, puis ils vont chercher leur barda en fumant.

La délégation descend non loin de Central Park, à l'hôtel New Weston. La note du Comité olympique, distribuée aux athlètes avant leur départ et que nous tenons aujourd'hui entre nos mains, est délicieusement désuète. Elle se veut rassurante : « Le Chef (sic pour la majuscule) est français. Des dispositions seront prises pour que les aliments soient accommodés à la manière française. » Mais on n'a pas vraiment le temps de visiter les cuisines. Déjà, on se rend à Washington. On prend le thé avec Monsieur l'ambassadeur, qui s'appelle Paul Claudel. Celui-ci a la tête ailleurs. Non pas à cause des relations franco-américaines, mais du fait de la réécriture de l'une de ses pièces de théâtre (il y est question du plus grand usurpateur de tous les temps, Christophe Colomb). Et puis on continue. Le pays est immense. Le voyage ne fait que commencer.

Los Angeles attend.

2

On prend le train. C'est long. Il fait chaud. Même le cycliste, désormais loin du wagon des chevaux, regrette le *Lafayette*. Le vent frais de l'Atlantique. Ses embruns. Mais la gaieté l'emporte. À en croire les clichés dont nous disposons, l'atmosphère est bon enfant. C'est toute une France en miniature qui voyage, qui s'entraîne dans les petites gares du Midwest où le train spécial fait halte. Sur les quais ombragés, un peu moins mal protégés de la chaleur accablante, les escrimeurs jouent aux cow-boys et aux Indiens. Le fleurettiste ajoute une plume à son masque. Il a choisi son camp. À quelques reprises (il est par ailleurs plutôt bon cavalier), il dégourdit les jambes des montures dans la plaine infinie. Il s'initie au lasso sur les cactus – sans grand succès à vrai dire, ça l'amuse. Le cycliste regarde galoper son compagnon avec un brin d'envie. Puis il éternue. L'allergie.

Accoudés à la plateforme ouverte de la dernière voiture qu'orne une grosse cocarde bleu-blanc-rouge sur laquelle a été peinte l'inscription *French Olympic Team*, ils fument. De temps à autre, ils se permettent un bon mot. Mais la plupart du temps, ils gardent le silence. Plus d'une fois, leurs canotiers (il fait décidément trop chaud, ils ont remisé leurs bérets) manquent de s'envoler. Ils n'ont plus de gitanes depuis longtemps. Ils achètent leurs cigarettes lors des arrêts en gare. Les clopes américains leur vont très bien.

Jour après jour, le décor défile. Magnifique et lassant. L'empreinte de l'homme sur le paysage serait plus émouvante si elle n'était en train de le détruire. De loin en loin, un charognard de métal pompe, pompe encore l'or noir. Il y a surtout les levers et les couchers de soleil – beaux à en pleurer. Le fleurettiste a dans son bagage un petit appareil photo. Mais tant de splendeur le rend humble. Alors il se contente de capturer les singeries de ses camarades. Il faut dire que les sportifs ne ratent pas une occasion de faire les pitres, utilisent la plateforme en guise de tribune, haranguent des foules imaginaires en prenant des poses d'orateurs. On dit qu'en Allemagne, Adolf Hitler dans cet exercice est redoutable.

Il y a quelque chose du rêve dans ce long voyage. Ces paysages sont irréels. L'atmosphère est embuée, comme au bord des larmes, mais elle se résout toujours dans un éclat de rire. Un soir, avant de s'endormir, le jeune avocat se fait la remarque que tous les subalternes du train sont noirs. Que tous leurs chefs sont blancs.

Le 19 juillet, à huit heures trente du matin, on arrive en gare de Los Angeles. Quelques bus étincelants attendent les membres de la délégation. On monte à bord. On roule encore une grosse demi-heure. Enfin, on met pied à terre pour de bon. Le village olympique trône sur une éminence qui a été choisie parce qu'il y fait plus frais qu'ailleurs. Il tient d'une hacienda Art déco. Blanche. Aveuglante dans le soleil. Déployée selon un plan rigoureux. Étirée comme un hippodrome gigantesque. Los Angeles n'est pas encore la ville tentaculaire qu'on connaît. Elle l'est en puissance : rien que le village olympique couvre déjà près de cent cinquante hectares. Une fois les jeux terminés, l'hacienda mutante sera détruite. En 1939, le vaste espace libéré sera reconverti en cimetière. On y rend aujourd'hui visite à Rita Hayworth, Sharon Tate, ou encore Dracula.

Le fleurettiste pose ses valises dans son bungalow préfabriqué, identique aux cinq cents autres qui l'entourent. Il a vingt-sept ans. Il porte un nom paré de l'anonymat le plus parfait. Pour l'instant tout du moins.

Il s'appelle René Bondoux.

3

Du village olympique, la vue sur l'océan est imprenable. Le Pacifique paraît à un jet de pierre. Il est frangé par cinq ou six auriculaires qui semblent vouloir l'étreindre. Les jetées de Los Angeles paraissent tout droit sorties d'un jeu de Meccano. Les Américains sont de grands enfants. Ils ont installé, sur l'une des jetées, un parc d'attractions. Et puis, plus au sud, dans le prolongement direct du village olympique, une exploitation pétrolière. Ses tours Eiffel miniatures sucent la terre sans relâche : il faut bien alimenter les automobiles des centaines de millions d'Américains. Après tout, chacun a bien le droit de poursuivre le bonheur, c'est même inscrit dans la Constitution. Mais c'est étrange : le bonheur, comme un mirage dans le désert, sait toujours faire un pas de côté. Et l'on se dit qu'il faut toujours davantage de pétrole pour s'en approcher. En attendant, l'immense poumon marin respire puissamment, indifférent à une gaieté innocente, un peu forcée, dont il est cependant, avec le pop-corn, les machines à sous et les montagnes russes, l'un des ingrédients. À la tombée du jour, lorsque son corps est recru d'entraînement, René Bondoux se rend quelquefois à la fête foraine avec d'autres membres de la délégation. On doit alors revêtir la tenue de l'équipe de France – blazer bleu, pantalon blanc, canotier. On veut correspondre au portrait type du Français (Maurice Chevalier). On représente la France. On se tient. Il faut dire qu'avec la prohibition, pas une goutte d'alcool en ville. La compagnie est tout de même bruyante. Enjouée. La tête du fleurettiste bourdonne. Il aimerait par moments être un peu seul. Mais il ne souffre pas d'autrui. Son tempérament naturel est enclin à la camaraderie. Il observe les gens. Tout l'amuse. Ce parc d'attractions est un condensé d'Amérique. Lui ne parle d'ailleurs pas l'anglais. Qu'on récite du Byron ou débite une liste de courses sonne à peu près pareillement à son oreille. C'est là l'une des ineffables grâces du voyage. Le bruit est pur. Le bruit est vie. Il n'est ni bête, ni intelligent. C'est un flot. Et le fleurettiste s'immerge. Il se laisse porter.

Aussi passe-t-il complètement à côté de la femme de sa vie.

Elle est là, pourtant, assise sur un banc. Elle a seize ans. Le bout de son nez est légèrement retroussé. Elle est blonde, coiffée à la mode. Elle est grande. Élancée. Elle a un faux air de Jean Arthur. Virginia Mitchel sait bien tout cela. C'est ce qui fait d'elle une des élèves les plus populaires de la Beverly Hills High School. Ce soir, elle est entourée d'une cour qu'elle consent parfois à gratifier d'un sourire. On remarque alors la longueur de ses canines. Mais le parc d'attractions, au fond, comme presque tout, l'ennuie. Bouderie juvénile – puissamment érotique, que les chiots autour d'elle reniflent. À laquelle René Bondoux, qui fume nonchalamment en regardant la grande roue, ne prête pas attention.

4

Femmes de ménage noires qui passent le plumeau, arrangent les fleurs. Serveurs noirs vêtus de blanc immaculé qui réceptionnent de grands plateaux de petits fours. Et s'il pouvait y avoir du champagne, il y en aurait aussi de pleines caisses. Chez les Mitchel, les préparatifs de garden-party battent leur plein. À l'étage, dans sa chambre, Virginia n'est pas des plus enthousiastes. Les mondanités de ses parents la barbent royalement. Mais elle aime s'adoniser. Elle s'apprête avec langueur.

Depuis trois bonnes générations, les Mitchel font partie des notables de Los Angeles. Ils habitent une grosse bâtisse neuve, cossue, un peu biscornue, mélange approximatif de manoir Nouvelle-Angleterre et de maison d'alpage. Leur richesse vient d'Adélaïde Pellissier, la mère de Virginia. Les Pellissier ont gagné beaucoup d'argent grâce à l'élevage de moutons. Ils ont fait fortune en revendant, avant la crise de 1929, alors que la fièvre immobilière battait des records, soixante hectares de terres achetées cinquante ans plus tôt pour une bouchée de pain. La population de Los Angeles, dans le même temps, passait de moins de cent mille âmes à plus d'un million. Comme leur nom l'indique, les Pellissier sont des Américains de souche française. Ils gardent des attaches avec leur pays d'origine. Ils s'en targuent en tout cas. C'est d'ailleurs pour cette raison qu'ils reçoivent aujourd'hui quelques athlètes venus de France. Parmi lesquels René Bondoux.

Lorsque la belle *socialite* américaine daigne enfin quitter sa tour d'ivoire, elle tombe sur un gentilhomme anachronique. Le champion d'escrime ne parle pas anglais. Elle baragouine le français. Ils n'ont rien à se dire mais trouvent pourtant des choses à se faire comprendre. Il est grand. Il n'est pas beau. Son visage est trop long, ses dents trop visibles. Son nez surtout est immense, bourbonien. Il a néanmoins un charme extraordinaire. Un petit sourire en coin amusé. Malin, et qui inspire confiance de n'être jamais caché. Le Français dégage ainsi une vraie bienveillance. Lui qu'on sait sautillant le fleuret à la main, il est en outre en société d'une tranquillité rassurante. Chaperonnés par Adélaïde, René et Virginia passent au jardin. Ils boivent un thé glacé. Autour d'eux, les feuilles des palmiers bruissent délicatement comme des pages froissées. Virginia Mitchel s'ennuie moins, déjà, et elle est bien incapable d'expliquer pourquoi.

Comme on est bien élevé, on rend l'invitation. C'est cette fois un dîner au village olympique. Les Mitchel ont dû montrer patte blanche. En pleine prohibition, les Français boivent du vin à tous les repas. Pour leur défense, ils ne font qu'obéir aux ordres des médecins : interdiction formelle de troubler le régime alimentaire des athlètes. Et René tire les bouteilles de sous la table comme un magicien les foulards de sa manche. Virginia Mitchel n'a que seize ans mais les femmes, dans sa famille, grandissent vite : sa mère était mariée à dix-huit ans. Alors elle fait plus que tremper les lèvres. Elle plante son regard espiègle dans les yeux calmement amusés du fleurettiste. Il y a un mélange étrange de spontanéité et de calcul dans la séduction. De part et d'autre, la seconde impression ne fait que confirmer la première. Doucement, doucement.

Les jeunes gens se voient encore quelques fois. La compagnie est à géométrie variable, mais ils ne sont jamais seuls. Ils se retrouvent au Pellissier Building, bel immeuble Art déco inauguré l'année précédente qui abrite un cinéma fastueux (on n'en fera plus de tels). René visite Hollywood. Les studios de la MGM. Il croise Buster Keaton, pas drôle du tout. L'acteur est même d'une mélancolie insondable à cause de son mauvais contrat. Le mécano de la General fume comme un pompier. Il traîne sa silhouette de Pierrot lunaire sous les projecteurs voraces. Exhale à toute heure un discret effluve de whisky. À côté de lui, René Bondoux est un vrai boute-en-train. Il rencontre également une blonde de pas encore vingt-deux ans aux sourcils épilés au cordeau. Anita Page reçoit régulièrement des demandes en mariage de Benito Mussolini. Devant la caméra, l'actrice préférerait se taire pour rester belle mais personne n'arrête le progrès. Le cinéma muet vit son crépuscule. Anita Page aussi.

Alors que la petite délégation olympique regagne les taxis, que René et Virginia sont restés en retrait, la jeune femme rougit et prend le bras de l'escrimeur.

5

Il fait chaud. Le vent souffle mais soulage peu. La piste poudroie. Les costumes blancs aveuglent. On fronce les sourcils. Pour saluer la foule, les athlètes lèvent le bras droit. Il est impossible d'ignorer que les chemises des hommes sont marquées par de vastes auréoles de sueur. Le Colisée de Los Angeles est plein à craquer. Il vibre dans une clameur sourde, polie mais impatiente. La foule est un étalon bridé. Elle retient encore ses vivats. Elle attend son équipe.

En ce 30 juillet 1932, une soixantaine de sportifs de France défilent devant près de cent mille personnes. C'est certes moins que les Britanniques, les Italiens, les Allemands ou les Japonais, qui ruminent nonobstant que le Comité ait refusé leurs athlètes du Mandchoukouo : après tout, les Britanniques ont bien droit à une délégation indienne dont les membres enturbannés, secs comme des yogis, semblent être les seuls à ne pas souffrir de la chaleur. Derrière leur bannière, les Américains sont de loin les plus nombreux. Mais ce sont eux qui foulent justement la piste – mille-pattes souriant, libérant enfin l'enthousiasme passionné de la foule. Nous pourrions parler d'Eddie Tolan, sprinteur américain qui a la particularité de courir avec ses lunettes scotchées sur les tempes. Il va devenir d'ici à quelques jours l'homme le plus rapide du monde. En tant que Noir, il aura le droit de remporter deux médailles d'or pour son pays, mais pas celui de voter pour son président. Nous pourrions nous attarder également sur « Babe » Didrikson. Elle est sur le point de devenir championne olympique du lancer de javelot, du cent mètres haies, et vice-championne olympique de saut en hauteur. Il est dommage qu'elle ait dû s'arrêter en si bon chemin : les femmes ne pouvant s'inscrire qu'à trois épreuves individuelles, elle n'a pu concourir ni au lancer de disque, ni au saut en longueur, disciplines dans lesquelles elle n'a pourtant pas d'égale. Par ailleurs, nous avons beau être citoyens du monde, faire preuve d'assez peu d'inclination à l'idée de revendiquer un quelconque drapeau, nous ne pourrons nous empêcher de ressentir une certaine fierté devant le tableau des médailles final. Aussi modeste qu'elle soit, la délégation française terminera à la troisième place. Mais nous n'en sommes pas encore là. René entame tout juste son tour de piste. Le cœur lui bat. Il déglutit avec difficulté. Sa cravate l'étrangle. Il est impressionné. Il prend soudain conscience de l'enjeu, qui est vain mais l'emplit toutefois de l'envie de bien faire. Bondoux se dit qu'il y a tout de même beaucoup moins de monde à ses plaidoiries. Il espère seulement ne pas se montrer indigne. Son voisin le sort de sa rêverie en le tirant par le coude. C'est son copain de toujours, escrimeur lui aussi, avec qui il partage son bungalow. René Lemoine – c'est son nom – désigne l'air du menton. Les colombes tournoient dans le ciel de Los Angeles. La cérémonie d'ouverture touche à sa fin.

Les fauves sont lâchés.

6

Le bâtiment qui abrite les compétitions d'escrime est à cent mètres du Colisée. Les deux canons qui bordent l'entrée principale rappellent la fonction militaire de l'endroit. C'est ici qu'on stocke l'arsenal du 160e régiment d'infanterie des États-Unis. On y a installé pour l'occasion des gradins, qui peuvent accueillir un peu moins de deux mille personnes. Après le gigantisme du stade, la relative intimité de l'endroit a quelque chose de rassurant. De proprement *amateur*.

La compétition de fleuret par équipe débute par les matchs de poule. L'Argentine est facile à manœuvrer. René remporte ses quatre rencontres. Cinq de plus suffisent à ses trois compatriotes pour qualifier la France. C'est fait. Les États-Unis suivent. C'est une autre paire de manches. Les Américains sont grands, puissants et athlétiques. René remporte toutefois sa première rencontre contre un certain George Calnan, officier de la Navy dans le civil. Mais c'est souvent dans les plus mauvais moments qu'on flanche. Alors qu'il se prépare à sa deuxième rencontre, il remarque la ressemblance troublante de l'un des arbitres avec feu le président Paul Doumer. Et l'occiput de René décide de se souvenir du procès qui se déroule sans lui. À Paris, Gorgulov se pourvoit en cassation. René le sait.

Il y repense. Il se déconcentre. Il concède trop de touches. Il respire à fond. Essaie de se reprendre. Il lui reste encore trois rencontres à disputer. Il les perd toutes. René retire son masque, dépité. Il est en sueur. Il a envie de pleurer. La route est longue : il faut désormais à ses trois camarades remporter huit de leurs rencontres. Autant dire qu'il a ferraillé pour rien. Il sait que si son équipe perd, maintenant, la responsabilité lui en incombe. Ses coéquipiers délivrent heureusement une meilleure performance. À la fin du match, son copain Lemoine le bourre de gentils coups de poing dans les côtes.

— Dis donc, tu voudrais que la petite te voie dans cet état ?

La bonne humeur, l'allant de Lemoine l'entraînent. Il a un sourire en coin. Face au Danemark, René se reprend. Ça y est. Il a totalement oublié Gorgulov, Paris et ses espoirs déçus. La France se qualifie. Seulement, voilà qu'il faut de nouveau croiser le fer avec les États-Unis.

— Bondoux, je te remplace, s'il te plaît.

La belle affaire Lemoine. René est bien décidé à prendre sa revanche. Il y va. Et cette fois, il fait beaucoup mieux. La France passe encore.

La dernière marche est la plus haute. Les Italiens sont archifavoris. Quatre ans plus tôt, ils ont été sacrés champions olympiques à Amsterdam. L'équipe compte dans ses rangs Guaragna, Pessina, Pignotti, Gaudini (qui dépasse le mètre quatre-vingt-dix) : quatre fleurettistes au meilleur de leur forme qui visent ici une nouvelle médaille d'or. Côté français, on a clairement moins d'expérience. Philippe Cattiau, le capitaine de l'équipe, a, certes, lui aussi remporté l'or. Mais c'était à Paris. Il y a déjà huit ans de cela. Contre les Américains, René a laissé quelques plumes. Alors on décide qu'il restera sur le banc. Il aura, on va le voir, pas mal de temps pour se reposer.

La piste d'escrime est éclairée par une grande verrière. Les nuages s'effilochent. C'est l'été, les journées sont longues. Pourtant, la nuit tombe. Il faut allumer. Car la finale contre l'Italie dure, et dure encore. Dans un premier temps, les Italiens se déplacent avec assurance. Mais leur confiance finit par s'émousser. Ils prennent plus de touches qu'ils ne l'avaient anticipé. Ils deviennent méfiants. Les Français, semble-t-il, veulent vraiment aller jusqu'au bout. Alors on s'observe longuement. Avant de se ruer. Brèves éruptions qui demandent à chaque athlète d'aller puiser des ressources insoupçonnées. Les rencontres se succèdent. Âpres. Disputées. Il est évident que les escrimeurs sont éreintés. Les arbitres se sont relayés plusieurs fois. Pour ainsi dire, ils dorment debout. Quant à René, il est assis, là, sur son banc. Il est électrisé par la rencontre qui est formidable. Il voudrait pouvoir remplacer son ami Lemoine, absolument sur les rotules, c'est toute sa combinaison blanche qui halète avec lui. Mais il est impuissant. Il ne peut qu'encourager ses compatriotes du regard. Enfin, lorsque toutes les rencontres ont eu lieu, force est de constater que les Italiens ont remporté huit de leurs assauts. Et que les Français aussi. Il est presque deux heures du matin. Une à une, on entreprend patiemment de décompter les touches de chacun. On additionne. Les Français l'emportent.

Pour quatre petites touches.

Quelques jours plus tard, un officiel glisse les médailles au cou des nouveaux champions olympiques. L'opération se déroule dans le Colisée, qui n'est certes pas aussi rempli que lors de la cérémonie d'ouverture. Il y a tout de même vingt à trente mille personnes pour applaudir, ainsi que la moitié d'un orchestre symphonique (avec chœur) pour jouer les hymnes. À la vue du drapeau qui est hissé par à-coups sur le mât olympique, René d'instinct se redresse. Il a peut-être cédé à un réflexe pavlovien acquis lors de son service militaire. Peut-être pas. Nous le voyons sur le cliché officiel. Il est facile à reconnaître : droit comme un i, c'est le plus grand des Français. Son canotier à la main, il est tourné vers le drapeau. Nous croirions presque que le capitaine de l'équipe, c'est lui.

Mais alors que retentit *La Marseillaise*, il se passe en René quelque chose d'étrange. Il repense à une jeune femme de seize ans. C'est doucereux, et c'est puissant. C'est comme un printemps inopiné qui l'empêche de déglutir. La vie, simplement, la vie coule dans ses veines agitée d'un tumulte secret. Alors il ouvre la bouche. Il chante, à gorge déployée. Cela fait du bien. Merde alors Bondoux.

Les Jeux de Los Angeles sont bientôt terminés. La délégation française a fait mieux que remplir sa mission. Tout en haut de son promontoire futuriste, la flamme olympique s'éteint. Le grand tableau affiche l'année, la ville, des prochains Jeux.

Berlin. 1936. Rendez-vous est donc pris. Enfin, ça reste à voir.

7

Nous ne nous attarderons pas sur le retour des champions. Ils font une halte au Grand Canyon. Puis aux chutes du Niagara. Bien sûr, c'est à couper le souffle. Tout dans ce pays l'est. C'est aussi ce qui lui donne son irréalité et y désensibilise les âmes. Les olympiens font une nouvelle fois le long voyage en train. S'ils s'entraînent désormais, c'est pour se maintenir en forme. Leur nomadisme touche à sa fin. Ils le goûtent pleinement. Nous jetons un œil sur le menu du Santa Fe Dining Car Service. René et ses camarades soupent, entre autres choses, d'un « medaillon de Saumon Normande » (sic) et d'un « couer de lettue » (re-sic). Les athlètes, du reste, apprécient l'effort linguistique. Lemoine plaisante :

— J'aurais préféré un cœur de Normande, c'est sans arêtes.

Il se jette quoi qu'il en soit sur la nourriture. Il continue.

— Je suis affamé, dis donc. Et toi René, laitue ?

Mais René ne se déride pas. Il mange quant à lui du bout des lèvres. Il a semble-t-il perdu l'appétit. Le médecin de l'équipe de France est assis à la table d'à côté. Il se tourne vers l'escrimeur, le considère d'un air inquiet. Alors qu'ils se croisent dans le wagon-lit, l'homme de l'art insiste pour examiner le champion olympique. René renâcle. Puis il cède. On le sait, il est d'une nature plutôt accommodante. Le médecin baisse les rideaux de son compartiment, René retire sa chemise. Le stéthoscope se pose sur sa cage thoracique comme un galet froid ricoche. Ses entrailles n'ont pas à rougir. Le fleurettiste a une santé de fer. Le médecin hoche la tête en souriant. Il a compris. Son diagnostic est sans appel :

— Bondoux, vous aimez ce pays plus que de raison.

Quelques jours plus tard, c'est l'arrivée à New York. On embarque à bord du *Champlain*. Le navire est flambant neuf, il sort tout juste des chantiers navals de Saint-Nazaire – Penhoët. Sa fumée vigoureuse vient s'entortiller dans la torche de *Miss Liberty*. Adieu l'Amérique. Songeur, René est accoudé au bastingage. Il est de nouveau un peu maussade. Mais cette fois, donc, pour une tout autre raison. Il a pour ainsi dire oublié l'existence de Gorgulov qui a mené à son terme brutal celle du président Doumer. Il fume une « Cicéron » en regardant s'éloigner les gratte-ciel. Il garde le silence. Lemoine et le cycliste se tiennent à ses côtés. Eux aussi fument. Leurs rhétoriques en semblent stimulées. Ils partagent leurs dernières impressions du pays. Ils sont en pleine discussion. Ils débattent à présent sur la modernité. Lemoine loue la taille réduite des transistors américains. De retour à Paris, il calera celui dont il s'est porté acquéreur dans son baise-en-ville pour épater la galerie.

— Qu'est-ce que tu en dis, René, hein, demande-t-il à René, qui acquiesce du chef.

L'avocat a lui aussi acheté un petit transistor. Lemoine fait remarquer au cycliste qu'il est bien le seul à ne pas avoir sauté sur l'occasion.

— Évidemment non, j'allais pas acheter une radio américaine, répond-il. Je ne parle pas l'anglais.

Les deux hommes éclatent de rire. René suit.

Tout de même.

II

Berlin

1

C'est un remède bien connu. Pour soigner l'amour, rien de tel que le travail. René, du reste, veut rattraper le temps perdu, oublier l'affaire Gorgulov (guillotiné), lancer sa carrière d'avocat. Bien sûr, même s'il n'en dit rien, qu'il ne met jamais le sujet sur la table, il est très fier de sa médaille d'or. Mais pas de quoi en faire des choux gras non plus. Los Angeles, c'était avant tout un effort d'équipe. Et puis le sport doit rester un délassement de gentilhomme. Chaque chose à sa place. L'escrime, c'est bon pour la santé. Ça vous fait travailler l'organisme des pieds à la tête en passant par le cœur, d'ailleurs il ne faudrait pas trop forcer non plus. C'est dur sur les articulations. Les cartilages. René à vrai dire aime presque autant la natation. Et s'il s'entraîne toutes les semaines au Golfer's Club, avenue Gabriel, c'est aussi pour y retrouver le fleurettiste Lemoine avec qui on se fend bien la poire.

Bref. Le travail. René s'y jette corps et âme.

La passion du droit coule dans ses veines. Depuis qu'il est gamin, René rêve de réquisitoires aux accents brûlants de sincérité, de plaidoiries enflammées par le sens du devoir. Cela ne lui vient pas de nulle part. Il descend d'une longue lignée d'avocats, de magistrats, certains ont été députés, voire ministres – et l'on trouve même, si l'on remonte assez loin, un procureur du roi. En conséquence de quoi René incarne, si l'on veut, un authentique profil d'héritier. À le voir prendre fait et cause pour les bourgeois en redingote, défendre bec et ongles à travers eux la propriété privée, on jurerait que la reproduction sociale n'a jamais trouvé héraut plus parfait. René Bondoux, c'est la noblesse de robe incarnée. Dans son arbre généalogique se cache d'ailleurs plus d'une particule.

Mais il tient à mériter sa place dans le monde. S'il est illusoire qu'il ne doive rien à personne, du moins veut-il faire fructifier le capital qui lui a été légué. Il s'exécute, reconnaissons-le, en démontrant une ardeur peu commune. René n'est pas très croyant (il ne manquerait plus que ça), mais il apprécie la parabole des talents. Alors il travaille. Il travaille d'arrache-pied. Nous savons qu'une armoire, dans son bureau, cache un lit pliant. De sa fenêtre du 3 rue Massenet, puis – c'est plus grand – du 1 rue Frédéric-Bastiat, René voit souvent la nuit tomber. Il entend le vent du soir se lever dans les branches des platanes. Les piles de dossiers autour de lui s'accumulent. C'est bon signe : il a de plus en plus d'affaires. René aime la chose bien faite. Sa conscience professionnelle, sa faculté de rester à bonne distance de son *sujet*, sont les précipités d'un habitus de classe. Il est méticuleux, il a le sens du détail. Il aime apprendre, surtout. De ses erreurs et de celles des autres. Il est en passe de devenir un excellent avocat. Cela commence à se savoir. Beaucoup d'affaires au fond l'ennuient. Mais il sait trouver dans la pratique elle-même un exutoire. Quelques procès, aussi, le font rire qu'il se retient mal de partager avec Lemoine. Ainsi d'un amiral états-unien en visite à Paris qui, se penchant pour voir où en était l'ascenseur, a failli avoir la tête coupée. Il en a été quitte pour un beau coup du lapin. Les excuses de l'hôtel n'y ont rien fait. L'amiral furieux a traîné l'établissement devant les tribunaux.

René a trouvé ses trois-huit. Seize heures de boulot pour huit heures d'escrime et de sommeil. Et un peu de bamboche sur les bords. Il fait d'ailleurs dans ce département preuve d'une grande ouverture d'esprit. Il n'a pas encore trente ans. La vie lui jaillit de tous les pores de la peau. À l'examiner comme un chercheur au microscope, il voit bien que la moralité est souvent le cache-misère des peine-à-jouir. Que l'intimité, la discrétion, le respect, sont les piliers d'une vie pleine. Que l'hypocrisie réside dans les professions de foi, et la foi, dans le secret. Il croit dur comme fer qu'un avocat doit tâcher de se montrer exemplaire. Mais il se gratte parfois la tête devant les cas de conscience que lui impose son sacerdoce. Il se cherche des garde-fous. Il écoute les conseils de M. le bâtonnier qui a récemment enjoint à l'un de ses amis, homosexuel et friand de costumes, de choisir entre « la robe noire ou la robe de soirée ». Il a ri de bon cœur à l'anecdote.

Cependant, lorsqu'il lit son journal, René apprend que le monde va mal. Il pense alors que la dignité du droit (même si, au fond, celle-ci se fiche des travestis comme de sa première culotte) est aujourd'hui plus qu'hier une sorte d'impératif catégorique qui doit l'emporter sur tout. En temps de crise, le divertissement a quelque chose de bien frivole. Le visage de René se fait grave. Ses épaules deviennent lourdes. Il se sent empli d'une mission difficile.

Il se remet au travail.

2

Surtout qu'il planche sur des affaires de plus en plus importantes. René est en prise directe avec la corruption et le vice des puissants. À sentir le pouls fiévreux de la France, il se demande s'il n'est pas plutôt médecin. Il fait ainsi partie des avocats chargés de défendre les intérêts de la veuve du conseiller Albert Prince, retrouvé mort dans des circonstances on ne peut plus louches. René décrit : « Le corps du magistrat avait été déchiqueté par un convoi ferroviaire. La tête avait été projetée au long du ravin, une jambe était demeurée accrochée à la locomotive... » Meurtre? Suicide? On ne le saura jamais. Ce qui est certain, c'est qu'Albert Prince, conseiller à la cour d'appel de Paris, chef de la section financière du parquet, a enquêté sur Alexandre Stavisky – un escroc de la plus grande habileté, un maître-chanteur bénéficiant de protecteurs très haut placés, retrouvé lui-même suicidé d'une balle tirée à trois mètres de distance... (« Voilà ce que c'est que d'avoir le bras long! » titra *Le Canard enchaîné*.) L'affaire Stavisky cristallise la rancœur antiparlementariste. Déclenche des émeutes sanglantes (il y a des morts) alimentées par un antisémitisme vigoureux. Parce que, oui, il se trouve que Stavisky est juif. Mais si Stavisky et sa clique de « stavisqueux » (le mot est de Léon Daudet, qui voit en cette affaire une preuve supplémentaire de l'avilissement, de la décadence de « la Gueuse ») dégoûtent René, l'antisémitisme, disons-le tout de go, c'est pour lui pire encore. Il est partout en ce moment. Bête et pernicieux. Sournois et nauséabond. En Autriche, d'ailleurs, les antisémites ne se gênent même plus. Dans un contexte de répression par l'armée de l'insurrection socialiste, le chancelier Dollfuss en personne, fasciste autoritaire mais aussi antinazi notoire, est purement et simplement assassiné par les SS.

Les années passent. Les affaires se succèdent. Et les forces obscures, René le constate avec dépit, s'affirment. Elles ont pour marionnettes des clowns bonimenteurs, des bouffons dangereux qui surgissent çà et là de boîtes bariolées de mauvaises promesses. Léon Blum n'est encore qu'un député qui a le vent en poupe. Mais il est juif. Un frileux jour de février, en pleine rue, à Paris, il se fait presque lyncher par l'Action française et les Camelots du roi. Direction l'hôpital. Quelques mois plus tard, dans le raz-de-marée d'un plébiscite totalitaire, le NSDAP obtient l'intégralité des sièges du Reichstag.

La France est malade. L'Europe est malade. Dans une angoisse croissante, René se sent de plus en plus impuissant. Il est parfois tenté par le repli. Lui qui doit garder la tête froide afin d'exercer au mieux son métier, l'ermitage l'attire. Alors parfois, René regarde ailleurs. Il voudrait se convaincre que lui-même et les siens vont bien. Il s'achète (oh ! d'occasion) une belle Chrysler. Sa décapotable fait tourner les têtes dans les rues de Paris. Au volant de « son américaine », c'est étrange, il repense parfois à Virginia Mitchel. Il l'imagine au cinéma, avec un autre... Elle doit aller sur ses vingt ans. René en a trente.

C'est désormais l'été. Léon Blum est à peu près remis de ses blessures. Porté par le Front populaire, il est devenu président du Conseil. Les portes-fenêtres du très chic

Golfer's Club sont ouvertes sur le jardin impeccable. La rumeur de la place de la Concorde parvient assourdie. Il fait lourd. Les Jeux olympiques de Berlin approchent. Ira-t-on ? Ira-t-on pas ? Lemoine et René s'entraînent en tout cas dans une certaine morosité. Ils sont sceptiques. Blum est réticent à ce que la France participe à la grand-messe olympique nazie. Ça se comprend. Alors on évoque des Jeux alternatifs, des « olympiades populaires » qui seraient organisées à Barcelone. Ça fait un peu moins rêver. Mais après tout pourquoi pas. Seulement, voilà qu'en Espagne, justement, éclate la guerre civile.

Léon Blum, choisissant de s'en remettre à la fraternité entre les peuples et à l'esprit olympique, ne s'oppose plus à ce qu'on aille amicalement défier les Allemands à Berlin.

3

Il apparaît cependant assez vite qu'encourager l'esprit olympique, en cette année 1936, relève de la gageure. Au départ de la gare de l'Est, déjà, les banquettes du train spécial sont jonchées de tracts et de journaux vilipendant la participation française. À l'arrivée en gare de Berlin, tout est impeccable, mais on est accueilli par des bras droits levés. On tâche de ne pas s'en émouvoir. Lemoine assure à René que le salut nazi fait désormais partie du folklore local. Que la bière n'en est pas moins bonne. L'ambiance tout de même est étrange. Moquerie discrète dans les attitudes. Fierté revancharde dans les sourires. Les poignées de main amicales, les bourrades bon enfant, masquent mal une arrogance, un racisme sous-jacents : une bonne fois pour toutes, on voudrait vous faire rentrer dans le crâne que rien ne vaut un Allemand. On vous le prouve par a + b. Par exemple, regardez-moi ce village olympique.

L'escrime et le tir occupent ensemble une des neuf maisons réservées à la délégation française. Voici ce que le compte rendu officiel du Comité olympique en dit : « Ces maisons gaies, claires et spacieuses, avec une salle de repos [décorée de peintures murales représentant des scènes les plus typiques de la vie allemande], une terrasse, des lavabos et douches avec eau chaude et eau froide, comprenant des chambres à deux lits dotées de chaises et d'armoires personnelles, [sont] éparpillées parmi les boqueteaux de sapins et de bouleaux, coupés de vastes pelouses vallonnées, agrémentées d'un lac et d'un cours d'eau [qu'enjambent] de pittoresques ponts rustiques. Ce Village olympique [est], en vérité, un lieu de séjour vraiment idyllique. » Il convient d'ajouter que, comme c'était le cas à Los Angeles, « du vin – un bordeaux léger – [a] été expédié de France ». On éprouve une compassion amusée pour les quatre membres de l'équipe de yachting qu'on a oubliés, qui en sont réduits à loger à l'hôtel, à Kiel. Ils doivent même rincer et faire sécher leurs voiles dans la salle du restaurant – hors des heures de service s'entend.

Cependant, l'éviction à la dernière minute par les États-Unis des Juifs de leur relais quatre fois cent mètres sème le trouble. Les États-Uniens sont archifavoris. Ils risquent fort de gagner. Ce serait bien d'essayer de ne pas froisser le Führer.

4

Cérémonie d’ouverture. Adolf Hitler est dans la tribune présidentielle, on le sait. L’équipe de France défile juste après la Finlande, dont les Aryens sous menace soviétique professent alors une grande sympathie envers le Reich et viennent de faire se lever le stade dans une immense clameur. Le silence qui accueille la délégation française n’en est que plus assourdissant. Mais voilà que les athlètes tricolores adressent au public le salut olympique. Le bras droit est tendu. C’est tout à fait malheureux. Le salut de Joinville est pris pour le salut nazi. La France se rend-elle à la raison ? Accepte-t-elle à son tour, elle, l’opposante de toujours, le nouvel ordre européen voulu par l’Allemagne ? C’est en tout cas ce que croient les cent mille spectateurs rassemblés dans le stade olympique. Ils se lèvent derechef. Ils exultent. Poussent des hourras tonitruants. Une sueur froide parcourt l’échine de René. Il comprend tout de suite le malentendu. Il a un haut-le-cœur. Son bras soudain pèse si lourd. Mais il ne peut tout de même pas le baisser, de quoi aurait donc l’air son équipe. Il figure parmi les athlètes les plus grands. Il est donc en tête de cortège. Il se doit de garder contenance. Leni Riefenstahl tirera de cet épisode un effet du meilleur goût. Au montage des *Dieux du stade*, elle fera précéder le défilé français d'un gros plan sur Hitler.

En ce mois d'août, à Berlin, René n'est pas dans son assiette. Bien que française, la nourriture, littéralement, lui reste sur l'estomac. L'atmosphère a partout quelque chose de faux qui l'écrase. La courtoisie semble de commande. Pour ainsi dire *décrétée*. Les gens qu'il croise sortent d'un moule martial qui a tué toute forme de spontanéité. L'organisation des repas, des entraînements, du repos, est millimétrée. Sous le regard attentif de René, l'amateurisme olympique ne se professionnalise pas, pire, il se militarise. Le matin, il est ainsi réveillé par une fanfare de chemises brunes. Davantage qu'aux Jeux olympiques, on se croirait à une compétition interarmées. René Bondoux a de plus en plus de difficultés à sourire. Il se sent contaminé par un mal invisible. Il ne se défera jamais de cette impression.

Ses résultats vont s'en ressentir.

5

Car il est déjà l'heure d'entrer en piste. Les équipes ont été légèrement remaniées par rapport à Los Angeles. Philippe Cattiau, quarante-quatre ans, ne peut plus être au four et au moulin. Il se concentrera sur la compétition d'épée par équipe. Il ne déméritera pas et remportera la plupart de ses assauts. Il fera gagner le bronze. Mais il se blessera au genou. Côté fleuret, Lemoine est toujours là.

Matchs de poule : 2 août 1936, il est dix heures trente, la journée commence bien. On se défait facilement du Brésil. Seize assauts à rien. Grâce à ses hautes baies vitrées, la grande coupole de la Maison du sport allemand baigne dans une franche lumière. René et Lemoine trépignent : ils sont pour l'instant sur le banc. Ils font discrètement des blagues pour essayer de se détendre.

La France passe au tour suivant avec la Yougoslavie. Au deuxième round, de nouveau, on l'emporte facilement. 9-1 contre les Yougoslaves. René, cette fois, est de la partie : il remporte sa première rencontre 5-0, sa deuxième 5-1. Ses copains eux aussi ont fait carton plein. René s'emballe : s'il gagne sa troisième rencontre, la France est à neuf victoires et passe en demi-finale. Il peut donc directement qualifier son pays. Mais il pèche par excès de confiance. Il perd sa troisième rencontre de justesse. Il s'en veut. Sa déconvenue est cependant vite oubliée : Bougnol après lui l'emporte. C'est bon.

C'est donc l'heure des demi-finales. La France est dans la même poule que les Allemands, les Belges, et (de nouveau) les Argentins, ce en quoi René voit un joli présage. C'est pourtant déjà moins aisé. L'Allemagne, surtout, donne du fil à retordre. Il est déjà huit heures du soir, la tension nerveuse s'accumule, la fatigue aussi. René remporte ses deux premières rencontres sur le fil, cinq touches à quatre. Mais il perd les deux suivantes assez sèchement (contre Erwin Casmir, puis Siegfried Lerdon). Chaque fois qu'il se fait toucher, c'est une sorte de réveille-matin impitoyable qui sonne. La France prend tout de même l'ascendant. 9 à 7. On va se coucher. Demain est un autre jour. Repos.

Le surlendemain (4 août), on remet le masque. Il est neuf heures du matin. René a bien dormi. Il est frais et dispos. Il retrouve l'Argentine. Il gagne ses quatre rencontres aisément. Sur l'un de ses derniers assauts, il force peut-être un peu trop. Léger élancement à la hanche. Mais ça ira. L'après-midi (16 : 00), il remet le couvert contre la Belgique. L'ami Lemoine en est aussi. C'est cette fois très serré. Disputé. Les fleurets belges frétillent comme des gardons. Hypnotisent René qui s'en veut à mort : il ne trouve jamais ses appuis et se contente de « chasser les mouches ». Il perd tous ses assauts. Je suis un vrai boulet.

Lemoine fait moitié moins mal. On l'emporte avec seulement quelques touches d'avance... René et Lemoine, en sueur, ont un sourire douloureux. Tant qu'on est du bon côté de la chance, ça va.

C'est enfin la phase finale, qui va se jouer à quatre. Outre la France, qui commence à faire figure de démodée en Europe, trois pays fascisants sont en lice pour une médaille : l'Autriche, l'Italie, et l'Allemagne. Lemoine, face à l'Allemagne, venge Bondoux : il bat Casmir et Lerdon. On respire bien mieux. On gagne plutôt largement. 12-4. Sur la piste d'à côté, René veut se racheter. Il est fébrile. Et nous sommes désolés de constater qu'il fait encore des siennes. Les austrofascistes sont à sa portée, mais il faiblit aux plus mauvais moments. Le réveille-matin arbitral n'y peut rien : il est comme léthargique. Lent. La piste lui semble tapissée de sable. Ses attaques manquent d'inspiration. Ses feintes de conviction. Il a chaud. Bref, rien ne va. Lemoine, de l'autre côté de la piste, l'encourage du poing entre deux rencontres. Vilain petit canard, René perd trois de ses assauts. Ses coéquipiers sont plus en jambes. L'équipe de France passe une nouvelle fois. 11-5. Bondoux n'y est pas pour grand-chose.

Il est vingt-trois heures. Les ombres lunaires des grands arbres du parc olympique se déchiquettent sur les baies vitrées. Comme en 1932, la médaille d'or se joue entre la France et l'Italie. Comme en 1932, Lemoine est là. Mais le géant Gaudini et le remuant Guaragna aussi. Gaudini d'ailleurs est plus impressionnant encore qu'il y a quatre ans. Il affectionne le bout de la piste où il se terre sur ses grandes jambes comme une araignée qui vous attend dans sa toile. Avec trois médailles d'or et une médaille d'argent, il sera le troisième athlète le plus titré à Berlin – derrière un certain Jesse Owens : quatre médailles d'or quant à lui, mais toujours pas de droit de vote à l'horizon (l'athlète ne recevra même pas un télégramme de félicitations de la part du président Roosevelt, très soucieux de ne pas laisser penser aux sudistes qu'il est un *nigger lover*). C'est pourtant Marzi, un petit nerveux d'un mètre soixante-sept, qui fait le plus de dégâts. Maîtrise, confiance, explosivité. L'Italie, cette fois, est intraitable. Lemoine remporte deux de ses rencontres. N'en perd qu'une. En ce mois d'août 1936, il est l'un des seuls escrimeurs à avoir pris le meilleur sur le Goliath Gaudini. Cinq touches à deux s'il vous plaît. Malgré cette belle performance, pas besoin d'attendre deux heures du matin pour se livrer à des comptes d'apothicaire : les Transalpins remportent l'or sans qu'on ait besoin de faire disputer les derniers assauts.

— J'étais bien, rumine Lemoine à voix haute avant de se coucher.

René quant à lui se tourne du côté du mur. Il essaie de penser à autre chose. Il s'en veut de ses défaites qui ont mis la pression sur l'équipe. Qui l'ont précocement usée. Si les escrimeurs français n'ont pas pu donner le meilleur d'eux-mêmes en finale, c'est bien à cause de lui. Il est vrai que sa hanche le lance toujours. Il n'en a rien dit. Mais Marcel Thémar, qui l'a massé après la rencontre contre l'Autriche, l'a deviné à une raideur sous ses mains.

6

Cérémonie de remise des médailles. René est donc déçu. Il a échoué. Le compétiteur en lui se dit qu'être deuxième, c'est comme être dernier. C'est pour cette raison, à l'école, qu'il n'a jamais aimé les mathématiques. D'autant que le stade, très partiellement occupé à Los Angeles, est cette fois plein à craquer. *La Marseillaise* à pleins tubes, ça aurait remis les pendules à l'heure après cette histoire de salut. Le ciel est voilé. Il fait lourd. On se dirige vers le podium. À la base de leur hampe, les drapeaux frétillent comme des poissons dans la nasse. Mais au niveau de la piste, pas un pet de vent. Dans leurs blazers, les athlètes français transpirent copieusement. Les Italiens ont quant à eux revêtu une sorte de pardessus clair au faux air de robe de chambre. En uniforme d'officier, leur capitaine fait un peu plus sérieux. Malgré la lecture de ses nombreux dossiers, René a de bons yeux. Faisant visière de la main, il distingue bien les occupants de la tribune présidentielle. Leurs brassards à croix gammée.

Outre le Führer (sanglé dans son costume beige, raide comme un pantin, au centre), on trouve Hermann Göring en complet d'été balle-de-riz, il a beaucoup trop chaud et a ôté son canotier. Derrière eux se tient un certain Wilhelm Keitel, lieutenant général de la Wehrmacht. Et puis aussi, les jumelles au cou, flottant dans son uniforme noir de la SS, un jeune Reinhard Heydrich en pleine ascension. Il est par ailleurs lui aussi escrimeur : il se défend, paraît-il, au sabre. On sait qu'il a été l'un des organisateurs les plus efficaces de la nuit des Longs Couteaux. Il est long, il prend presque une tête à Hitler. Il agit comme un paratonnerre pour le regard de René qu'il attire irrésistiblement. Mais le Français fait soudain la grimace. Lemoine vient de lui asséner un bon coup de coude dans les côtes.

— Arrête de faire la gueule. L'argent, c'est déjà pas si mal.

René acquiesce doucement. Une fois au pied du podium, les athlètes retirent leurs bérets pour coiffer une couronne de lauriers fraîchement coupés. Celle de René manque de tomber. Bah. C'est toujours mieux qu'un brassard, pense-t-il en replaçant la couronne sur son crâne.

Les drapeaux sont hissés. L'hymne transalpin retentit. Force est de constater qu'à côté de René, Allemands et Italiens exécutent le salut nazi. Certains, côté français, sont peut-être tentés de suivre le mouvement. Ils n'en font encore rien. La foule dans les gradins a en tout cas clairement choisi son camp. Autant dire qu'on est seul contre tous.

René se redresse. Plutôt avoir le bras coupé que de le lever. Il a envie de fourrer ses mains au plus profond de ses poches. Tout ça lui apparaît comme une vaste blague, et de très mauvais goût. Il n'est pas au bout de ses peines.

La cérémonie de clôture a lieu de nuit. C'est chronométré : on éteint la flamme olympique alors que le soleil se couche derrière le stade. Surplombant les gradins, des régiments d'énormes projecteurs sont allumés. Viennent plaquer des barres de lumière sur la foule en transe. Agitent un cocktail de peur primale et d'instinct grégaire. Dans sa tribune, Hitler bras tendu est éclairé par le bas.

René se demande si le dictateur n'aurait pas une attelle dans sa manche. Le Führer lui rappelle Fantômas. René est saisi d'un rire nerveux. Dans la pénombre, personne ne le voit. Par contamination (cette intrusion inopinée est très bizarre, le cerveau a parfois de sacrés courts-circuits), il se souvient de sa visite à Hollywood. De Virginia Mitchel. Mais la rêverie tourne court. René a une sueur froide lorsqu'il entend prononcer de l'estrade, en français, le discours écrasé par tant de pompe du président du Comité international olympique, Henri de Baillet-Latour :

— Au nom du Comité international olympique, après avoir offert au Führer et chancelier Adolf Hitler et au peuple allemand, aux autorités de la Ville de Berlin et aux organisateurs des Jeux le tribut de notre profonde gratitude, nous proclamons la clôture des contours de la XIe Olympiade et, selon la tradition, nous convions la jeunesse de tous les pays à s'assembler dans quatre ans à Tokyo pour y célébrer avec nous les Jeux de la XIIe Olympiade...

René compte mentalement. Dans quatre ans, je serai encore bon pour le service. Mais si c'est le même baratin, pas sûr de vouloir en être. C'est là l'une des marques de génie du totalitarisme : il parvient à donner à nos nobles élans un arrière-goût de moisi. Il sait aussi interdire la pensée, couper net divagation ou ennui. Car René est contraint d'arrêter là ses réflexions : un chœur et un orchestre se mettent en effet à gueuler du Beethoven. C'est solennel jusqu'à la nausée. De la guimauve en pierre de taille. Je vous en supplie... Dans la pénombre, René ne retrouve plus Lemoine. Il voudrait prendre son copain par le bras pour se rappeler qui il est. Partager avec lui un éclat de rire salutaire. L'absence de son ami le dépersonnalise. Lui-même n'existe plus. Son individualité est niée. Fondue dans ce tout, absorbée par ce corps social qui vibre autour de lui et qu'il voudrait pouvoir fuir. Des coups de semonce tonnent. La grosse cloche olympique résonne. Pour qui sonne le glas. René a l'impression de participer à un sacrifice humain géant. De partir en guerre. Le public est prêt. Autour de lui se taisent à présent les âmes. Transcendées. Durcies par le feu. En vérité subjuguées. Soumises. Violées. Laissées pour mortes. Et si la flamme olympique s'est éteinte, c'est qu'il n'y a plus rien à consumer.

La guerre ? Pas encore, René. Pas encore.

7

Paris. C'est comme retrouver la surface à la suite d'une longue apnée. Les poumons se regonflent dans la cage thoracique. On voudrait battre des pieds plus vite pour enfin regagner l'air *libre*. Attention à la décompression.

René recouvre un naturel qui lui a cruellement fait défaut ces dernières semaines. Il prend de nouveau plaisir à manier le fleuret, l'après-midi, au Golfer's Club. L'endroit propose aussi des terrains de squash. Et ce qui doit advenir advient. C'est incroyable, mais la vie est ainsi faite (et le monde est petit) : alors qu'il sort du vestiaire hommes après son entraînement, qu'elle quitte le vestiaire femmes après avoir tapé la balle, René Bondoux tombe nez à nez avec Virginia Mitchel. Elle est toujours cette belle enfant boudeuse à la désinvolture capricieuse. Elle est ici à cause de sa mère, venue à Paris soigner une infection oculaire (les ophtalmologues de Los Angeles lui ont dit rien à faire, *Madam*, vous serez aveugle. Elle n'a pas voulu les écouter. Bien lui en a pris.). La jeune femme s'ennuie de pied ferme dans la capitale. Comme elle l'écrit alors dans son journal : *I hate Paris so much that I haven't left my room all day. One is never satisfied – but how could they be in Paris !? I wish this week was never born !!* (Notez l'utilisation des points d'exclamation. Le soulignage.

Nous n'inventons rien.) Virginia Mitchel vit dans une bulle de confort. Elle est d'une franchise inconsidérée. À vingt ans, elle mord sans même s'en rendre compte. À moins qu'elle ne soit un peu cruelle. Elle s'enorgueillit d'être directe. C'est en vérité un animal fier qui se déteste craintif hors de son élément. C'est une jeune femme qui aime plaire. Devine qu'on séduit d'autant mieux qu'on se place hors d'atteinte. Mais René... Peut-être René vaut-il qu'elle descende de son piédestal.

Alors ils se voient. Ils se revoient. Ils se promènent aux Tuileries. Ils vont au cirque Medrano. Ils dînent au Colisée, sur les Champs-Élysées. René initie Virginia au steak tartare. Les soirées se prolongent. Ils dansent. Ils se rendent à des revues. Ils flirtent. Ils s'émoustillent. Nous savons tout cela grâce à ce même journal que tient la jeune femme. C'est touchant : elle garde les tickets d'entrée, les menus. L'Américaine et le Français se comprennent à mi-mots. René sait faire rire Virginia. Il a un regard bon. Un sourire malicieux. Il est partout à son aise. Il parvient à faire changer d'avis la *socialite* sur Paris. Elle écrit désormais : *René is a lot of fun for a Frenchman! Paris is improving.*

Les meilleures choses ont une fin. Alors que Virginia boucle ses malles pour retourner à Los Angeles, René se prépare en vue d'un championnat, au Caire. Virginia n'y avait jamais songé, elle trouve que l'escrime est un sport dangereux. Elle fait promettre à René de toujours mettre son masque, même à l'entraînement. Elle a peur pour lui. (À raison. Moins d'un an plus tard, lors de la finale des championnats du monde universitaires, l'épée de Haro Oliva pénétrerait profondément sous l'aisselle de René Monal avant de venir perforer son poumon. Étudiant en médecine de vingt-deux ans, brillant tireur, le jeune épéiste français mourrait en quelques heures.) René rassure la jeune femme comme il peut. Il pense en secret que le danger souvent donne sa saveur à la vie. Les marrons en tombant cabossent le capot de la Chrysler. En ces mois d'été indien, ils ont vécu ensemble ce qu'ils ont pu. Un bonheur fugace fait de légèreté. De beauté et d'insouciance. On ne se promet rien.

Mais chacun sait qu'il va beaucoup penser à l'autre.

III

Les châteaux de sable

1

Si bien qu'on finit par s'épouser.

Blanche à tuiles rouges, l'église Christ the King a un faux air d'abbatiale romane. Quelque chose de méridional. En ce 20 août 1938, il fait chaud. René se croirait presque à Albi, ou en Toscane. Sauf qu'en fait, pas du tout. Les grosses cylindrées américaines qui déposent les invités sont là pour le lui rappeler. L'église est grande, elle est pourtant bientôt pleine à craquer. René est quasiment le seul Français. Les peintures dans la nef ont le clinquant kitsch des choses neuves. Le chemin de croix a un vernis déplacé. Jésus-Christ est superstar. Virginia dans sa robe blanche est magnifique. Sa traîne mesure trois bons mètres. Passe le balai à mesure qu'elle progresse dans l'allée. Virginia est escortée par un aréopage d'amies dont les voilettes ne parviennent pas à masquer les sourires. Elles sont vêtues du même tailleur saumon, à moins que meringue. René dit « oui ». Virginia « *yes* ». Ce que Dieu a uni, l'homme ne peut le défaire.

Puis c'est une garden-party où se retrouve le Tout-Los Angeles. Les femmes sortent de leurs berlines sous les flashs des photographes. Bien qu'on soit en été, certaines ont insisté pour porter leurs hermines. La postérité retiendra leur opulence. Les hommes à leur bras projettent une confiance violente. Bruyante. On est entre soi. On est environ deux cents. Le champagne, cette fois, coule à flots. La prohibition est morte et enterrée. On dirait qu'elle n'a jamais existé. Il y a un ensemble de mariachis que personne n'écoute vraiment, dont la musique est couverte par les rires. Cela ressemble fort au bonheur. Peut-être l'est-ce. Se montrer sous son meilleur jour suffit parfois à nous combler. Après tout, si l'enfer, c'est les autres, ils sont le paradis aussi bien. Nous ne pouvons cependant nous empêcher d'être un peu esprit chagrin. Sans doute aimerions-nous proposer du champagne aux mariachis. Voler quelques cigares pour faire un brin de contrebande avec les serveurs noirs ou asiatiques. Être ce provocateur malséant dont on dit qu'il est un mufle, dont on se détourne avec dégoût. Avoir la classe du bouffon du roi. Le culot poil à gratter de l'iconoclaste.

Mais René est bien trop poli. D'autant qu'il est ici une sorte d'ambassadeur. Il apprécie ce rôle. On se souvient de lui, en 1932. On le complimente. On le bichonne. L'idée de ne pas sourire aux plaisanteries dont il ne comprend pas un mot ne lui effleure même pas l'esprit. Sa femme sort tout droit d'un conte de fées. Le monde qui l'entoure est absolument irréel. Pour le pire et pour le meilleur.

Il ne l'oubliera pas.

2

D'autant que le rêve se prolonge. Que René, littéralement, nage dans le bonheur. Voyage de noces oblige, à défaut de se frotter aux anges (l'avion c'est encore trop neuf, hors de prix, et l'on se méfie du plus léger que l'air : Virginia surtout a en tête les images du *Hindenburg* en flammes), on flotte allègrement sur les océans lors d'une longue croisière. Passons vite. Nous écrirons peut-être un jour un guide touristique.

On commence par le sud de la Californie. Immensité que rien ne vient borner. C'est comme la redécouverte de l'horizon. On descend ensuite jusqu'au Mexique. Puis on gagne la côte est des États-Unis. À Boston, on embarque à destination de l'Europe. Le paquebot *Vulcania*, c'est une nouveauté, propose des cabines disposant de balcons privatifs. Il y a aussi un casino. Un bar. Boiseries, rigueur Art déco et fauteuils clubs concourent à créer un environnement propice aux rencontres. On s'amuse beaucoup. On joue. On danse. Lors de l'escale aux Açores, René fait les comptes. Sueur froide. Il s'aperçoit qu'ils n'ont plus un rond. Il lève le pied, mais il n'a pas non plus envie de ruiner l'ambiance. Il connaît déjà bien son épouse. Il ne voudrait pas qu'elle vienne à manquer de quoi que ce soit – elle en a si peu l'habitude. Il la sous-estime. Escale à Alger. René envoie un télégramme à l'ami Lemoine. Une fois n'est pas coutume, René prie très, très fort. Saint Lemoine a la grandeur d'âme de lui répondre par un mandat télégraphique.

Dubrovnik. Enfants sur la plage qui font des châteaux de sable. La fin de saison est splendide. La lumière aveugle réverbérée par la pierre claire. Virginia aime les promenades à l'ombre des cocotiers qui lui rappellent Santa Barbara. René trouve des journaux français à l'hôtel. On prend le petit déjeuner dans la verrière aux allures de serre tropicale. Courtoisie. Bonnes manières. Au milieu de tant d'insouciance, un matin René fronce pourtant les sourcils. À Prague, la crise des Sudètes vient d'éclater. Les perspectives se bousculent dans son esprit. L'optimisme et le pessimisme se disputent la part du lion. Puis René hausse les épaules. Qu'y peut-il, après tout. Qui vivra verra, conclut-il en refermant le journal dans un sourire à destination de Virginia.

On aborde ensuite le terminus du voyage de noces qui doit en être le point d'orgue. Venise. On fait ses adieux au *Vulcania*. René et Virginia l'ignorent, le paquebot reprend dans la foulée son service commandé pour le gouvernement de Mussolini. Il sert au transport de troupes et de colons à destination de l'Éthiopie. À Venise, bien sûr on s'émerveille. Les palais les pieds dans l'eau sont fragiles. Venise est un château de cartes posé sur la lagune. Brumes et bruine. Et, dans le brouillard, les silhouettes à brassard qui défilent. Beaucoup d'enfants. L'italien qui chante. Les arcades sourcilières vindicatives, le menton puissant du Duce dont le portrait est partout n'y peuvent rien : le fascisme ici aurait presque des allures de colonie de vacances comparé au nazisme berlinois. Les nuits d'amour ne s'en ressentent pas.

Mais ça y est. Le périple enchanté touche à sa fin. René

et Virginia rentrent à Paris par le train. Ciel bas. Paysages rabat-joie. Virginia se plaint tout haut de ce que le soleil de Californie lui manque. Devant la mine contrite de René, elle s'en veut déjà. Quelle peste je suis. Sur ces entrefaites surviennent deux douaniers italiens. Ils portent la main au képi dans un salut tendu. Ils ont reçu des consignes strictes. Ils vérifient soigneusement les passeports.

— Tiens, une Américaine..., glisse le premier d'entre eux en langue vernaculaire.

L'autre se le tient pour dit. Si les Américains sont riches, c'est parce qu'ils aiment l'argent. Faisant preuve d'une attitude des plus cavalières, il demande sans détour aux voyageurs s'ils n'exportent pas des devises. Alors René se lève et, pour égayer Virginia, dans un grand sourire il retourne ses poches.

Vides.

3

René profite des haltes en gare pour trouver de quoi se sustenter à prix modique. C'est rigolo. Cela lui rappelle ses très jeunes années. Les sous économisés à grand-peine pour les caramels mous. Cela amuse aussi Virginia. Elle est surprise qu'on puisse vivre de si peu. Je suis tout de même bien, avec ce type. Pour lui tout semble un jeu. C'est là le vrai secret de ceux qui savent ne jamais perdre la face. Le train fait une longue halte à Mâcon. Il y a peut-être un souci avec la locomotive, on ne sait pas, en tout cas on a du temps à tuer. Face à l'hôtel de ville, au pied de la statue de Lamartine, un petit carrousel carillonne. Ce n'est plus de leur âge, pourtant René et Virginia montent en amazone des chevaux de bois. Ils se prennent les mains en tâchant de ne pas tomber. Ils échouent. Ils rient.

Puis le train repart. Paysages consumés dans le soleil. Rares masures aux ardoises qui aveuglent. Châteaux d'eau aux allures de donjons orphelins. Bientôt, annoncée par la lèpre des murets, par l'horizon qui se rétrécit, la ville. On entre en gare de Lyon. René lui-même fait alors la grimace. Non pas que Paris soit plus gris, plus maussade ou plus hostile que d'habitude. Non, ce qui le fait grimacer, c'est son ami, là, sur le quai. D'une main, il tient un bouquet de fleurs pour accueillir les jeunes mariés. De l'autre, il tend l'ordre de mobilisation de René.

L'avocat doit se rendre en Bretagne pour y présider une commission de réquisition de chevaux et de matériel tracté. On se regarde. On sourit faiblement. René cherche un bon mot, mais rien ne lui vient. Virginia n'est pas sûre de bien comprendre. Elle attend d'être seule avec son mari pour se faire expliquer la situation. C'est la tuile. Mais c'est ainsi. D'ailleurs l'ami de René doit déjà prendre congé, à peine si on a le temps d'échanger quelques impressions de voyage et de prendre un café sur un coin de table au Train bleu.

Loudéac. Le village dans la brume est merveilleux et inquiétant. Les vieilles femmes ressemblent à des sorcières, les enfants à des elfes. René et Virginia logent à l'hôtel de France. L'ancien relais de poste à la façade chaulée se hausse parmi les maisons de pierre. Il est plongé, jusque dans l'après-midi, dans l'ombre de l'imposant clocher de l'église Saint-Nicolas qui ressemble à une tour génoise. C'est ici, sur la place du marché, que commence la guerre de René Bondoux. En uniforme de lieutenant, il est assis derrière ses tréteaux. À ses côtés, un type du cru accueille les paysans et vise leurs convocations. Un autre tamponne les reçus. Mine de rien, René a déjà affaire à une opposition redoutable. Car les indemnisations sont maigres et les paysans retors. Certains feignent même de ne pas parler français. Il faudrait parfois un interprète qui parlerait, outre le breton, le gallo. Comprenons aussi que d'aucuns soient rendus méfiants par l'ignorance des militaires. Saint-Exupéry : « Les commissions de réquisition d'un département du Nord, par exemple, ont réquisitionné des génisses pleines, et transformé ainsi les abattoirs en cimetières de fœtus. » René, dans ses Mémoires, parle quant à lui de « diplomatie rurale ». De la fenêtre de son hôtel, Virginia suit le tohu-bohu renâclant des charrettes à bras, des haridelles qui tirent la langue en direction de la place du marché. Elle a du mal à s'imaginer ces hommes en rangs, disciplinés, l'arme au poing. René partage cette opinion. Ça l'inquiète.

Il ne veut pas prendre la menace au sérieux : comment le pourrait-il, puisque l'armée française est si molle, bon enfant ? Le soir, il trouve le sommeil avec difficulté. Le travail, pense-t-il. Le travail me manque. Surtout, il se souvient de Berlin. La capitale en uniforme. L'Allemagne qui marche au pas. À ses côtés, Virginia respire doucement. Il a envie de caresser ses cheveux – des rayons de lune bouclés. Nos nuits d'amour, en quelque sorte, sont toujours en sursis. Elles n'en sont que plus belles. Mais dès le lendemain recommence le défilé clopin-clopant. Vague sentiment d'angoisse.

D'autant qu'il y a, déjà, des paroles soufflées à l'oreille des adjudants. En patois on glisse qu'untel, de tel hameau, cache sa meilleure bête. Déjà, on manœuvre. On dénonce. On voit dans la guerre un moyen d'arriver à ses fins. De créer des tracas à son voisin pour mieux lui grappiller plus tard un patus ou un lopin de terre. Comme il est loin, l'élan patriotique. À contrecœur, René doit bien se rendre dans les fermes. Masures mousseuses en voie d'écroulement. Toitures bucoliques mais effondrées. Un matin, il assiste à la naissance d'un poulain. S'il est bon cavalier, il n'est pas pour autant vétérinaire. Mais il voit bien que l'affaire se présente mal. Il y a dans la mise bas une amorphie étrange. Une passivité. Dans sa gaine visqueuse, le poulain ne respire pas. Il est mort-né. René n'est pas quelqu'un de sensible aux présages. Pourtant.

Il y a encore les tournées d'inspection de matériel militaire. René croit pouvoir se rasséréner. La vue des automitrailleuses White, qui datent de 14-18, achève au contraire de le rendre perplexe. Il a l'impression d'être face à des caisses à savon. Des radiateurs sur roues, au mieux.

Mais un jour, René attend comme d'habitude sur la place, personne ne vient. Il interroge ses adjudants. Haussements d'épaules. On a bien envoyé les convocations. Les passants les observent goguenards. Il aperçoit alors le curé qui s'approche. Celui-ci est éberlué.

— Ne savez-vous donc pas que vos prières ont été exaucées ?

Un gamin passe avec le journal.

— La paix ! La paix ! bêle-t-il.

René lui achète un exemplaire. Penses-tu qu'ils auraient seulement pu nous le dire... En première page, Daladier, Chamberlain, reviennent triomphateurs de Munich. Hitler leur a promis la paix pour mille ans. René, comme tout le monde de ce côté du Rhin, voudrait bien y croire. Il ne parvient pas à ressentir un soulagement véritable. C'est comme quelque chose qu'il digérerait mal.

Virginia n'est pas mécontente de quitter l'hôtel de France, dont elle a pris la perpétuelle humidité en grippe. À la gare, René dans son uniforme est mal à l'aise. Les voyageurs le considèrent d'un œil mauvais. Retirez donc ça, intiment leurs regards. Vous allez nous porter la poisse. Bien sûr, René met un point d'honneur à ne pas quitter l'uniforme. Il voudrait par ce geste rassurer la population, mais c'est le contraire qui se produit. Il voudrait affirmer de la sorte que l'armée française participe à la paix. Qu'elle a dissuadé le Führer de se montrer plus gourmand. Mais il manque de conviction. À Loudéac, il a vu à quel point on n'était pas prêt. Il ne récolte que la désapprobation de ses concitoyens, voire la franche hostilité des plus pacifistes. Virginia perçoit le désarroi de son homme. Elle le soutient en silence. Elle relève le menton dans une attitude de défi et s'arrime fièrement au bras de l'escrimeur. Elle porte de temps à autre un mouchoir parfumé à ses narines. Les odeurs de la gare, des trains, lui donnent la nausée. C'est nouveau.

Dans le wagon-restaurant, alors que René plonge ses bons yeux dans les siens, Virginia sourit franchement. La veille, elle a trouvé les mots qu'il faut dans ses cahiers de français. Enfin à peu près.

— René... J'attends un*e* enfant.

4

C'est néanmoins un garçon qui naît le 8 août 1939. James André Bondoux est un beau bébé. Un gros saucisson qu'on ne se prive pas d'embrasser des pieds à la tête. Succombant à l'outrancier génie simplificateur des États-Unis, tout le monde l'appelle déjà Jimmy. À qui veut bien le comprendre, l'heure est donc encore et toujours aux miracles.

Le couple s'est installé dans un bel appartement clair, avenue du Président-Wilson. On a vu grand. On a un peu campé au début, mais cela s'est avéré distrayant. On a meublé avec goût et décence. Guéridons fleuris, lustre miroitant : la sage-femme, lorsqu'elle se rend chez les Bondoux pour sa visite de routine, a un petit sifflement admiratif. Elle se gratte les ailes du nez de l'ongle de son auriculaire, qu'elle a très long. Elle n'a heureusement pas eu besoin de s'en servir pour couper le frein de Jimmy. L'enfant est en parfaite santé. René dessine dans Paris des triangles isocèles : de l'appartement au palais de justice en passant par son cabinet, puis retour. Il a revendu sa belle Chrysler pour se procurer d'occasion une Peugeot plus ordinaire. Elle fait très bien l'affaire.

À vrai dire, on n'a pas vraiment la tête à l'embourgeoisement. Un nouveau-né sait remplir les journées sans trop forcer. René travaille toujours autant. Surtout, la guerre menace. Les rumeurs vont bon train. Elles sont de source sûre. On connaît du monde. Ministères. Quai d'Orsay. On sait qu'il n'y aura, cette fois, pas de bout de papier signé sur un coin de table par Adolf Hitler. René de ses fenêtres regarde la nuit tomber sur Paris. C'est comme un couperet lent, délicieux et noir, qui petit à petit ratiboise la tour Eiffel. La Seine indifférente à ses pieds fascine comme un puits. Jimmy pleure, de loin en loin. René est en proie à des sentiments contraires. Le temps suspendu semble pourtant se précipiter. Il faut faire quelque chose avant qu'il ne soit trop tard. Il y a du mystère dans l'attente. Mais il n'y a pas de doute.

René est de nouveau mobilisé. Il doit se rendre à Dinan. Avant de gagner la Bretagne, René accompagne Virginia et Jimmy en Anjou, chez son père. Ce n'est pas encore l'exode, mais il y a déjà du monde sur les routes. Moins de choix dans les menus des restaurants. Virginia semble parfois se demander ce qu'elle fait là. Elle refuse quoi qu'il en soit d'inspirer la pitié. Elle se montre bravache. Fait par exemple avec les serveurs preuve d'un rentre-dedans impatient qui fait sourire René, qui le rassure. Lui-même se veut confiant. Il aura des permissions.

Mais une fois seul au volant de sa Peugeot, il se souvient de Loudéac. Les platanes dans ses phares défilent dans une revue de troupe approximative. Il traverse de nuit Rennes qui se prépare à la guerre, défense passive prenant la forme d'affiches collées aux murs, de flèches tracées à la peinture blanche sur les bâtiments destinés à devenir des abris en cas de bombardements. Il revoit Jimmy emmailloté comme un rôti. Le visage de Virginia brièvement déformé par le passage de l'angoisse. La cigarette ne le rassérène pas. Il pense. Il se perd en conjectures. Un courant froid soudain enserre le nageur.

5

René, on l'aura compris, n'est pas du genre à se laisser abattre. À Dinan, il se démène. Ce n'est pas forcément nécessaire. Il est « officier du renseignement ». On considère son agitation d'un œil un rien moqueur. On n'a pas tort de penser que René brasse du vent. Qu'il cherche à se rendre utile par tous les moyens. Le bougre est plutôt sympathique. Ses façons d'hyperactif sont toutefois un reproche muet à votre attentisme. À votre dilettantisme. Lors des exercices de tir dans les marais de la Brière, alors qu'on n'attend rien de lui, c'est le plus concentré. Les oies ne craignent que son fusil. À le voir trimballer de gros sacs de sable sans en avoir reçu la consigne, on se sent morveux d'avoir soi-même les bras ballants. René a raison, mais vous vous dites à quoi bon. Vous vous souvenez d'ailleurs qu'il vient d'être promu capitaine. C'est bien naturel : il voudra donner le change. Et puis, qui sait s'il a vraiment raison, au fond. Dantzig, c'est une querelle de voisinage. Dantzig, c'est loin. Mille cinq cents kilomètres à l'est pour être précis. Les nazis se ruent sur la Pologne. La guerre est déclarée. Mais nous, nous avons la ligne Maginot. Notre armée est puissante (vous rentrez le ventre et bombez le torse – mais l'effort déjà vous pèse). Les Allemands n'oseront pas. Et on est des réservistes après tout. Alors René, pourquoi tu t'agites. Viens fumer avec nous et attendre que ça se calme en jouant à la belote.

Le commandant O. en est à peu près là lorsqu'il communique à René l'ordre venu d'en haut d'aller rejoindre Bergues. Il se sent le besoin de compléter.

— Bergues, c'est pas tout près. Mais on dirait que ça commence à s'agiter du côté de la Belgique...

Le commandant O. se lève pesamment de son fauteuil et se penche mains dans le dos sur une grande carte murale. Il tourne ce faisant le dos à René. Cela vaut sans doute mieux. Car le commandant O. est présentement le genre d'individu qui hérisse le poil de René. Il se montre familier avec les hommes. Il prend les choses à la légère. Sa bonhomie sert à masquer son incompétence. Il se comporte comme si on avait tout le temps du monde. Et René, ça l'énerve. Toujours à scruter sa carte pour réviser les chefs-lieux, le commandant donne congé à René. Avant de se reprendre.

— Ah, et j'allais oublier. Ton ordre de permission.

René n'a même pas le cœur à sourire. En sortant du P.C., il croise Berger, son chauffeur, en train de briquer les essieux de sa voiture *de tourisme* (une Citroën 11 olive). Il a soudain envie d'aller chercher son cheval à l'écurie (chaque gradé disposant également de sa propre monture). De partir assez loin pour ne plus voir les trognes béates des gus. Si René est aussi exaspéré, c'est parce qu'en tant qu'officier *du renseignement* il connaît justement la crasse inaptitude de la division dont il relève. Seul un soldat sur deux dispose d'un revolver digne de ce nom. Et à presque tous – c'est con, mais la guerre est con – il manque un lacet, un mousqueton... Allez donc courir dans un polder inondé fagoté comme un clown. René sait en outre que les mortiers de 81 sont obsolètes, qu'il faut pour ainsi dire pointer au doigt levé. Il en a ainsi vu plus d'un faire le mariole et singer un peintre alors qu'il tirait un obus au petit bonheur la chance. Et les chefs – dont il fait partie – qui passent le plus clair de leur temps en mondanités... Cocktails. Concours hippiques. Bref, on ne se prépare pas au combat. On va droit au casse-pipe.

Une fois à Paris, René voudrait croire ce qu'on lui a seriné à Dinan, ce qu'on lui répète encore ici. Cocon. On dîne chez Maxim's. Très chic. Un gramophone de circonstance joue *April in Paris*. Naïveté. La tête dans le sable a la douceur de la tête sur l'édredon. Voyons ! la guerre mondiale n'aura pas lieu. Il voit les regards des hommes glisser subrepticement sur Virginia. Concupiscence pour les uns. Pincement au cœur pour lui. Lorsque René et Virginia rentrent chez eux, avenue du Président-Wilson, la ville est plongée dans l'obscurité la plus totale. L'univers est si beau qu'aucune lumière humaine ne vient concurrencer. Paris craint un bombardement. C'est peut-être la dernière fois que René voit Virginia. Jimmy. Le bagage de leur retour en Anjou est prêt. Au petit matin, René tâche de sourire pour rassurer sa petite famille. Virginia est courageuse. Ou bien elle l'affecte. Jamais aucune sensiblerie de son côté. René lui en est reconnaissant. Mais une part de lui aimerait que Virginia montre sa vulnérabilité afin qu'il puisse faire de même. Sa femme est ici une étrangère. Son fils n'a pas encore un an.

Il doit repartir dès aujourd'hui.

6

Mai 1940. Bergues. En fait non. Il faut déjà se rendre de l'autre côté. Aller prêter main-forte, essayer au moins de donner un coup de main à l'allié néerlandais. Car l'Allemand est sur l'offensive.

Berger conduit la Citroën verte aux allures de grenouille égarée dans le grand monde. Elle remonte les convois hippomobiles, des kilomètres de charrettes attelées à des haridelles. Plus qu'une armée en marche, c'est une vraie brocante sur roues. Les panneaux de signalisation défilent. Ostende. Bruges. Une partie du voyage se fait de nuit. Pas un feu de position, rien. On ne va pas non plus faciliter la vie aux pilotes boches. Le bric-à-brac militaire dresse partout ses récifs. C'est casse-gueule. Berger fatigue. Berger s'énerve. René prend le volant. Les douaniers belges laissent passer tout ce beau monde dans un haussement d'épaules. On franchit la frontière.

Flessingue. Apparente indifférence de la population batave. On commence déjà, semble-t-il, à faire le dos rond. Lors d'une liaison (nous imaginons René coiffé de son képi blanc, impeccable, réglementairement sanglé sur son fier destrier sellé à l'anglaise), le capitaine Bondoux croise un camion de transport de troupes. La plaque minéralogique indique un transport zélandais. Il demande au chauffeur de s'arrêter. Celui-ci fait mine de ne pas l'avoir vu. Toupet monstre. Sa monture doit s'écarter. Enfoncer ses sabots dans la boue d'un champ. René se souvient de la devise du pays. *Je maintiendrai.* Il s'interroge sur ce qu'il en est... Tu parles d'un officier du renseignement. Il l'ignore (on ne l'informe d'à peu près rien, d'ailleurs les généraux eux-mêmes ne semblent pas au courant de grand-chose), les Néerlandais ont déjà capitulé. Les avions de reconnaissance allemands sont tellement en confiance qu'ils font du rase-mottes, et à petit régime encore. Ce ne sont pas les pétarades françaises qui vont les effrayer. Ils observent comme des aigles au vol lent les vélos hollandais (pour ceux qui ont de la chance) éviter les tanks allemands. C'est irréel, et pourtant fusillades. Car l'envahisseur est furtif. Organisé. Déterminé. Ses parachutistes sont bientôt partout. Le sang se met à couler. Morts. Flagrant déséquilibre du rapport de forces. On imagine des cris. De la panique. Pas du tout. Les troupes sont clairsemées. Morcelées par la rigueur bocagère du paysage. On se fait tirer comme des lapins, on meurt à l'avenant. Chacun dans son coin. En silence. Les arbres sont lourds de bourgeons ou de fleurs. Le printemps partout triomphe. Il y a dans l'air une sorte de flegmatisme bizarre. De torpeur bovine, qui est peut-être une forme de sagesse. Mais l'heure n'est pas aux sages.

La queue entre les jambes, les Français battent en retraite. Déjà ? Oui, déjà. On parle rapidement d'évacuation. Certes. C'est l'évidence même. Mais où ? Mais quand ? Comment ? Devant la débandade, la rumeur circule que le général D. s'est tiré une balle dans la tête. Dans la salle de réception du grand hôtel de Flessingue, tables dressées comme pour un banquet. Le maître d'hôtel, dans un accent à couper au couteau :

— Nous attendons les Allemands dès ce soir, ah ah ah !

René a envie de manger son képi.

7

Ça y est. Panique. Bordel monstre. Chacun pour soi. Et Dieu pour tous – si Dieu veut. Dunkerque... La guerre est une question de management et de logistique. Côté français, on n'a ni l'un ni l'autre.

Sur la plage. On fait, littéralement, des châteaux de sable pour se protéger des rafales des aviateurs allemands. On ne peut rien contre leurs scandaleuses sirènes. Une bêche à la main, René se souvient importunément des enfants de Dubrovnik. Il est pris d'un rire nerveux. La défense de la liberté et de la patrie devient troglodytique. Les Britanniques commencent à évacuer. Et encore : au compte-gouttes. Les Français, non. Pagaille franchouillarde. Invectives intraduisibles. Shakespeare ignore Molière. Les tommies grands seigneurs laissent sur place leur bel armement qui vient immédiatement remplacer les risibles joujoux français. On descend deux trois Stuka. La nuit, le génie britannique échafaude des jetées de fortune pour des canots de sauvetage venus d'outre-Manche. Une armada de bateaux de plaisance, de rafiots de pêche, pour ainsi dire des barques. L'horizon devient pointilliste. L'armée de Sa Majesté s'en remet au citoyen anglais. La roulante n'est plus qu'un lointain souvenir. Présent aux côtés de René, André Lichtwitz, futur médecin personnel de Charles de Gaulle et grand ami de notre escrimeur à qui il confiera son journal de guerre, nous apprend qu'on tue les chevaux efflanqués pour les manger. René a très soif. Il revoit les citernes d'eau des toits de Los Angeles. Il les imagine sur les toits de l'hôpital, perchées sur les rares bâtiments encore debout du front de mer. Un mirage. Ce souvenir lui ferait presque monter les larmes aux yeux. Virginia. Jimmy. Sur la plage, on attend toujours. Quoi donc? On n'en sait rien. La mort sans doute. On reste là à se faire canarder. On joue à cache-cache dans les dunes. C'est imbécile. René enrage.

Il va chercher sous sa tente le commandant O., qui hausse les épaules.

— Des ordres? Mon cher Bondoux, je n'en ai pas. Va donc frapper à la porte de l'amiral.

Ce qui est fait. René quitte sa troupe de glorieux pieds nickelés. Enjambe des barricades désertées. Un peu comme à l'escrime, sa haute silhouette se colle aux murs pour éviter les balles. Bref, René se rend au P.C. « En ville ». Mais à l'état-major du vice-amiral Platon, il semble qu'on n'ait reçu aucune directive de Paris. Alors on vient de hisser le drapeau blanc. Les Mercedes du commandement allemand sont déjà en route.

— Capitaine, lui dit-on, capitaine. Rentrez chez vous. C'est fini.

René tourne les talons. Tu es con, René. Va-t'en. La voix intérieure a peut-être raison. Mais à ce moment-là, René n'a qu'une seule hantise : celle d'être considéré comme un déserteur. Et puis quoi. Abandonner ses hommes, comme ça, maintenant? Sauver son corps et perdre son âme, comme Pétain, comme des millions le feront? Et puis sauver quoi, au fond. Un confort ouatiné, une subsistance de bourgeoisie – un ersatz de vie? Mais qu'est-ce donc que cette médiocrité. Raconter à Jimmy, à Virginia, qu'on a eu les foies de l'avenir? Qu'on a préféré préserver, jouer petit? Voir venir? Non. Quelque chose en lui *refuse*. Il a honte. C'est une honte immense. Il a honte de tout. De lui-même. De l'indigence de son peuple. De la lâcheté de ses *élus*. De l'ineptie de son état-major. Il ressent le genre de honte qui va vous faire poursuivre le rachat à tout prix. La rédemption est un mot trop fort. Il va seulement falloir à René tâcher de pouvoir continuer à s'accepter soi. Et le monde qui va avec. Il ignore totalement quelle forme pourra épouser son expiation. Mais il sent qu'il faut plutôt se racheter que survivre. Nous en sommes là : René sait qu'il doit chercher le salut. Ou mourir. L'un étant peut-être en puissance la conséquence de l'autre. Quelques années d'expérience lui laissent à penser que ce ne sera pas si simple. Qu'il va falloir se montrer vigilant – envers soi, surtout. Parce que René a aussi bien envie de détaler fissa... Le sable sous ses godillots devient lourd. Engeance, pense René. Raté. Pourri. Il rougit. Il se calomnie tant et si bien que nous ne ressentons pas le besoin d'insister ici. Il court donc du mauvais côté.

Vers la captivité.

IV

À contre-courant

1

Une grande parcelle verte piquée de givre au milieu des champs gris. Tiges mortes qui froissent dans la bise d'hiver. Le jardin, en Anjou. Rien n'a changé, et tout est différent. Au pied du chêne bicentenaire on a enterré l'argenterie. Les fusils de chasse. On a eu peur que les piquets des tentes sable régulièrement alignées viennent buter sur les crosses. Car le drapeau allemand flotte à présent sur la maison des Bondoux – une imposante longère aux murs de crépi crème. Le ciel est à la neige. Sur le terre-plein de gravier, un Allemand manches retroussées trace à la peinture blanche une croix épaisse sur le capot de la Peugeot. Virginia est américaine. Elle n'a plus le droit d'utiliser sa voiture. Elle observe la scène les bras croisés. Épaules rentrées et mains sous les aisselles parce qu'il fait froid, qu'elle n'a pas mis de gants. Soupirs intérieurs. Espoirs déçus. Un deuxième militaire retire le matelas qu'elle avait par précaution installé sur le toit. La nuit dernière, un soldat de la Wehrmacht sorti pisser a surpris ses préparatifs d'échappatoire. Virginia ce matin est abattue. Renonce-t-elle ? Possible. Mais pas pour longtemps. Des rumeurs commencent à courir sur les traitements que les Allemands infligent aux « étrangers ». Virginia ignore encore de quels étrangers il s'agit, mais elle sait que sa maîtrise aléatoire du français la dénonce. Elle a peur pour elle, pour Jimmy surtout. De cette peur elle tire résolution. Elle doit partir. Essayer de rejoindre son pays. Laisser René derrière elle. La nuit, elle se réveille en pleurs parce qu'elle rêve que son mari est mort. Elle est retournée quelques fois avenue du Président-Wilson. Elle y entretient tant bien que mal un stock de savons. À Paris, elle a ouï dire que des bateaux partent pour les États-Unis. Pas de France, bien sûr. De Lisbonne. Comme le Portugal semble loin. Elle ignore si elle pourra y arriver à temps. Gagner New York, puis Los Angeles, avant que toute l'Europe soit claquemurée par la guerre.

Virginia ne tient plus de journal depuis longtemps. Fini les enfantillages. Dans un babil impérieux mâtiné d'anglais et de français, elle va se démener à la Kommandantur. Elle agite devant le nez de qui de droit son passeport frappé du pygargue à tête blanche dont les serres proposent au choix la branche d'olivier ou les flèches. Elle finit par obtenir les laissez-passer. Les préparatifs sont expédiés.

Gare bondée. Virginia serre Jimmy dans ses bras. Nous citons à présent à la virgule près les souvenirs qu'elle a consignés, bien plus tard, dans un imprimé relié. *Je prends le train, avec Jimmy, âgé alors de dix-sept mois, et mon sac à dos, dans lequel j'ai glissé un poulet.* [...] *Nous voyageons en troisième classe, sur des bancs en bois, et sans le moindre confort. Des soldats montent et descendent ; un va-et-vient incroyable règne dans le wagon. Pendant ce temps, nous mangeons notre poulet et regardons la neige tomber.*

Le train semble ne jamais devoir arriver à destination. Dans sa barbe on blâme l'Allemand tout autant que le maquisard. Mais Lisbonne est enfin annoncée. Virginia est en possession du bon passeport et – nous sommes tenus à une certaine vérité – d'une belle liasse de traveller's cheques. Elle peut donc embarquer avec Jimmy. Ils partagent tous les deux une cabine. Luxe non négligeable. Ses Mémoires, encore : *Notre périple dure dix jours. Le bateau est envahi par les réfugiés qui ont, pour seul bagage, à peine une petite valise* [...]. *Pour ne pas le perdre, sur le pont, je mets à Jimmy une laisse.* Il en est impossible autrement : Virginia se souvient de ses croisières de prestige aux côtés de René. Cependant la jeune femme n'éprouve pas de regrets. Elle est tendue dans la détermination. Elle est aussi emplie de crainte pour son beau-père qui est âgé, seul et encerclé par les Allemands. Pour son mari prisonnier de guerre en un lieu où elle le devine il fait froid à pierre fendre.

2

Mais René a des gants. Ils sont élimés, raides et malcommodes pour l'usage qu'il en fait (ce sont de vieux gants de tankiste allemand sauvés de la déchèterie). C'est déjà ça. Car René est parvenu à organiser dans le camp une sorte de salle d'armes. L'espace est chiche, et il faut littéralement pousser les meubles – des châlits branlants – afin de créer un semblant de piste dans la baraque. Pour les masques, on a dû bricoler des passoires dans lesquelles on a glissé des bouts de ceintures. La sécurité n'est pas vraiment au rendez-vous, c'est plus symbolique qu'autre chose mais les Allemands ont insisté. Hors de question que les prisonniers français puissent prétendre à de mauvais traitements infligés par leurs geôliers. Le plus compliqué à obtenir a bien entendu été les armes. Aucune envie de la part des Boches de voir des corsaires nouveau genre partir à l'abordage de leur Oflag. Alors on a donné sa parole d'honneur. Foi d'officier, on se cantonnera à l'escrime sportive. Les Allemands ont tergiversé – on les comprend –, mais le sourire de René a eu raison de leur méfiance. D'ailleurs, a-t-il affirmé au chef du camp, vous pouvez vérifier : j'ai gagné l'argent chez vous, à Berlin.

Quelques jours plus tard, l'Allemand complétait de lui-même :

— ... et l'or à Los Angeles.

on n'a pas dit qu'on s'interdirait de creuser, à la petite cuiller, un tunnel long de quatre-vingts mètres. Sous la baraque, le sol est gelé. L'entreprise est compliquée, lente, laborieuse et risquée. Ceux qui veulent s'évader ne sont pas les mêmes que ceux qui voudraient être libérés. Les premiers entretenant en eux une saine colère qui les pousse à l'action.

Quelques-uns de la baraque 38 parviennent à leurs fins. Ça nourrit l'envie chez d'autres de tenter l'aventure. Avant que les Allemands ne deviennent sérieusement vigilants et fassent venir davantage de gardes-chiourmes...

Dans la baraque 35, à la lumière avare des miradors et de la neige, René lui aussi planifie son évasion. Sous couvert de se faire enseigner la philosophie et la physique (ce qu'il fait par ailleurs), il échange avec Albert Lautman et Maurice Bayen. Deux normaliens aux cervelles puissantes qui ont de la suite dans les idées.

3

Le 14 octobre 1941, après des mois de vigilance et d'efforts, Albert Lautman, Maurice Bayen et quelques autres réussissent à s'évader.

René n'est pas des leurs.

La chance lui a souri avant. Pas besoin pour lui de se glisser dans un boyau approximatif avant d'émerger au milieu des bouleaux, de l'autre côté des barbelés. Son père, de Paris, a constitué un épais dossier médical faisant état d'une congestion pulmonaire contractée en 1929. Ça date un peu. Mais les poumons, on le sait, c'est traître. Le froid du camp pourrait bien réveiller la maladie. Ou pas ? Bref. Cette histoire est tirée par les cheveux. Mais le père de René n'a pas ménagé sa peine. Il s'est rendu chez les meilleurs spécialistes. Il a obtenu des certificats. Des radios (regardez bien, là, ce petit nuage qui grignote le noir). Et un beau jour, à l'appel, le nom de René Bondoux figure sur la liste des heureux élus sur le point de bénéficier d'un « congé de captivité ». C'est absolument inattendu. René en est même d'abord honteux. Pourquoi moi. En vérité, pas mal de détenus au teint cendreux mériteraient visiblement mieux cette indulgence. René cependant aurait tort de bouder son sort. Les autres l'en convainquent. Nous ne serons jamais dans le secret de leurs cœurs – mais nous pouvons supposer en eux l'aiguillon de la jalousie. Alors René s'en va. Si, techniquement, il n'est pas libéré, encore un petit effort et adieu l'Oflag.

Février. Neuf mois de captivité se résolvent pour René dans le mouvement du train. L'impatience le taraude. L'espoir de revoir sa femme et son fils tiraille. Le capitaine Bondoux est relâché en même temps qu'un certain Louis Poirier, *alias* Julien Gracq. On entre en littérature comme on entre en résistance. On va parfois jusqu'à se choisir un nom de guerre. Paris est très loin. Le voyage est sans fin. Louis et René sont pareillement vêtus de l'uniforme français. Tous deux sont originaires d'Anjou. Ils auraient sans doute des choses à se dire. Pourtant, ils n'échangent pas un mot. René est un homme gai, au contact facile. Le genre de type dont Louis Poirier se méfie. D'ailleurs, au camp, il n'a jamais été tenté par l'escrime du capitaine Bondoux. Il a vu, au mieux, dans le jeu de jambes du champion olympique des entrechats maladroits. Il s'est demandé avec anxiété si les passoires avaient pu être remplacées en cuisine. Il a préféré écrire. Dans le train, lors des haltes, le résistant Gracq garde son quant-à-soi. Il lit en fumant doucement. Il pense peut-être qu'« il vaudrait mieux n'importe quoi que cette lente, graduelle et passive imprégnation de la défaite ». Il a dans sa sacoche des bribes de textes sur la guerre qu'il n'estimera pas dignes d'être données à lire.

Arrivée gare de l'Est. Panneaux en allemand. Uniformes vert-de-gris. Couvre-feu. *April in Paris* se décline désormais sur le mode militaire. Tous les jours, à midi, une fanfare allemande remonte au son du fifre les Champs-Élysées jusqu'à l'Arc de Triomphe. Comme on le lui a demandé, René discipliné pointe régulièrement au commissariat. En bon légaliste, il ne veut pas disparaître dans la nature. Donner aux Allemands une excellente raison de le traquer. De débusquer d'autres malades imaginaires, d'en révoquer les congés. Mais René veut se faire réformer pour de bon. Alors il fume, il fume sans discontinuer... C'est bien simple : il est plus mal encore qu'en Silésie. Lorsqu'il le regarde dans le miroir, il constate avec effroi que son faciès n'a rien à envier à ceux des grabataires du camp. Il est bientôt convoqué au Val-de-Grâce afin d'y être examiné.

Et (vous vous en doutez déjà), ça marche.

4

Comme l'appartement parisien lui semble vide à présent. René y revoit son père. Un vieux chêne. Il accuse le coup, mais il tient bon. Ils sont tous les deux assis dans le salon immense. Leurs voix résonnent comme dans une nef. La table est nue, sauf un napperon et un vase vide dont les liserés passés d'eau saumâtre marquent l'âge. Venu d'Anjou, le père apprend au fils que Virginia et Jimmy ont réussi à s'échapper vers les États-Unis. René a désormais du mal à ne pas fumer. Il expire une longue bouffée. Il sourit tristement. Ils se sont ratés de quelques jours. Les États-Unis sont le pays le plus puissant au monde. Une forteresse qui de surcroît n'est pas en guerre. Les reverra-t-il ? En attendant, René ne va pas rester les bras croisés. Il veut reprendre sa pratique. Redevenir avocat. Comme avant ? Non. Certainement pas. Ça bouge du côté de sa profession. Pas beaucoup, mais un peu. Dans la discrétion. Ceux qui veulent savoir le peuvent. Et René est de ceux-là. Il va se faire connaître auprès du bâtonnier Jacques Charpentier, dont l'indépendance le rassérène. Le conforte si besoin était dans l'opinion qu'on n'est pas forcé d'avoir peur. Certes, ce n'est pas facile, et le bâtonnier se bat. Cet homme de près de vingt-cinq ans son aîné est si farouchement déterminé à ne pas se laisser marcher sur les pieds qu'il en remontre à René.

Il se manifeste également auprès d'un confrère émérite avec qui il a travaillé avant d'être mobilisé. Non content d'être depuis vingt ans l'un des avocats les plus en vue de France, Pierre Masse a été sous-secrétaire d'État, député. Il est présentement sénateur de l'Hérault. Barbe blanche soigneusement taillée, épaules larges et tête forte qui donnent à cet homme de taille modeste une allure de lutteur. Il accueille René à bras ouverts. Bondoux doit d'ailleurs se baisser pour accepter l'étreinte.

— Mon brave, vous nous avez manqué.

Le sénateur ne fait aucune allusion aux mesures d'épuration dans l'avocature qui pourtant le concernent. Il en profite même pour faire œuvre de charité. Il reverse ainsi à Maître Bondoux des honoraires dus pour un dossier dont René ne se souviendra jamais. Être sénateur n'a pas sauvé Pierre Masse. Juif, il est mort à Auschwitz, probablement en octobre 1942.

Ces rencontres donnent du grain à moudre à René. Lui aussi veut résister. Mais il ne sait pas bien comment. Le bâtonnier Charpentier, Pierre Masse, ont l'âge d'être son père. Ils combattent avec leurs armes. René est tenté par une intervention plus directe. Comment oublier la souillure de Dunkerque... Vêtir la robe lui permettrait-il de la laver ? Nous avons en tout cas inventé, dans un livre précédent, une sorte de duel entre René et Reinhard Heydrich. Cette rencontre n'a jamais eu lieu : Bondoux était un spécialiste du fleuret ; « le bourreau de Prague » maniait quant à lui le sabre. Mais les deux escrimeurs étaient à Paris en même temps.

Et puis un soir. René de retour du palais. Il regarde sans le voir son plan de métro qui indique les stations-refuges en cas de bombardements. Il remarque, au dos, un message publicitaire. *Rouge ou blanc... fait voir la vie en rose!* René rit jaune. Le plan est offert par l'apéritif Saint-Raphaël. Il y a quelque chose d'obscène à cela. La rame de métro arrive. Uniformes allemands en première classe. Dernière voiture réservée aux Juifs, dont René remarque qu'ils portent l'infamante étoile. Rien d'anormal. Pourtant, René ne sait pas pourquoi, il est soudain hors de lui. Monter à bord, ça saute à la gueule de l'homme de droit, est tout simplement inconcevable. Il quitte la station. Il rentre à pied. Le bon vent du soir achève de faire retomber sa colère. De décider René à prendre le large.

5

À vrai dire, le large ne peut pas encore porter bien loin. Disons Vichy.

René, répétons-le, est un homme du monde. Il entend d'abord essayer de mettre à profit ses relations pour avoir des papiers en règle. Il s'imagine que l'État qu'il entend anéantir va bénir son entreprise de quitter la France. Il se rend à Vichy en bonne compagnie. Il retrouve son « vieux copain » René de Chambrun, descendant de La Fayette, Franco-Américain dont le parrain n'était autre que feu le président des États-Unis William Howard Taft. Chambrun compte surtout dans sa famille Pierre Laval, dont il est le gendre. Il est dans les petits papiers du Maréchal. À bord de la micheline officielle qui relie Paris à Vichy, les deux René échangent les souvenirs. L'ami ouvre des portes. Mais il ne peut faire davantage pour René, qui ne le lui demande d'ailleurs pas. Il faut connaître, avec ses amis plus qu'avec quiconque, les limites à ne pas dépasser. Chou blanc. René comprend qu'il va falloir prendre la tangente.

La clandestinité n'est pas son truc. Il a toujours fait dans le mondain. Ne connaissant rien d'autre, il s'est imaginé rejoindre les Forces françaises libres au détour d'un cocktail. Il cherche des conseils. Enchaînant les rencontres avec des amis d'amis, il finit par se faire des contacts qui le comprennent. Il pourrait rejoindre Londres. L'affaire n'est pas si simple, il faut la mettre sur pied. Station de l'hôtel de ville. Huit heures du matin. René feint d'attendre le métro un livre rouge à la main. Il retrouve sur le quai un très jeune homme, vingt ans à peine, au regard vif, qui tient également un livre à la couverture rouge. C'est le signal. Les deux hommes se reconnaissent. Ils éclatent de rire. Pierre Arrighi est lui aussi avocat. Ils arpentent ensemble les allées du square de la Tour-Saint-Jacques en devisant d'un air tranquille. Arrighi est membre des Petites Ailes, une organisation clandestine qui porte bien son nom puisqu'elle exfiltre hors de France ceux qui veulent combattre. Mais il annonce une mauvaise nouvelle :

— Londres ne répond plus.

Alors René cherche une autre piste. Dans une brasserie de Toulouse, le cœur au bord des lèvres, il feint de lire *La Gerbe* sans pouvoir toucher à ses rutabagas. On le reconnaît grâce au journal collaborationniste. On l'approche et lui glisse à l'oreille un horaire, une adresse. Il s'y rend. Il reçoit ses premières instructions pour un passage en Espagne d'un grand type osseux dont la moustache semble ne jamais devoir sourire : Robert de Neuchèze. Les combines auxquelles il doit se livrer achèvent de convaincre René qu'il ne veut pas faire de « scoutisme » (l'expression est de lui), mais rejoindre les forces combattantes. Le dérisoire des petites manœuvres de la Résistance est touchant. Mais il est si fragile. La Résistance baigne dans un amateurisme périlleux. René, depuis Dunkerque, depuis Loudéac, l'a en horreur. La suite des événements va malheureusement lui donner raison.

Il est toujours entre Paris et Vichy, où il prend tout de même on l'imagine un peu de bon temps, lorsque l'opération Torch fait basculer l'Afrique du Nord française dans le camp allié. Sous le patronage de Roosevelt et de

Churchill, le général Giraud et le général de Gaulle font la paix à Casablanca. À la satisfaction de Roosevelt, ils se serrent même la main (l'inimitié entre les deux hommes est vivace : ils doivent s'y reprendre à plusieurs reprises avant que les photographes obtiennent un cliché potable). Winston Churchill est à la fois ulcéré et estomaqué par de Gaulle. « Son pays a abandonné la lutte. Lui-même n'est qu'un réfugié et si nous lui retirons notre appui, c'est un homme fini. Eh bien... regardez-le ! Non mais regardez-le ! On croirait Staline avec deux cents divisions derrière lui. » Le capitaine Bondoux trépigne. Il faut y aller.

Fin avril 1943. René termine tout juste une plaidoirie en faveur d'un hôtelier à Thonon-les-Bains (une ville thermale, encore) lorsqu'il reçoit enfin le télégramme qu'il attend.

Présence à Perpignan requise d'urgence.

6

Le petit homme laisse reposer un temps le balai sur son épaule. À l'aide d'un mouchoir, il s'essuie le front, le crâne (il est chauve). Puis il reprend nonchalamment son activité. L'heure de la sieste est passée. Le soleil décline. Les palmiers bruissent dans la bise descendue des Pyrénées. Les marches qui mènent au palais de justice – édifice en longueur d'inspiration hellénique – baignent dans l'ombre. Tout comme la statue de Moïse qui tient les Tables de la Loi en hébreu dans le texte. On mettrait presque une petite laine.

Le concierge s'interrompt derechef. Il lève les yeux. Un homme de haute taille se tient face à lui dans un estival costume de lin. Le concierge lui rend paresseusement son sourire. L'homme se présente. René Bondoux. Je viens de Paris, pour une affaire. L'avocat tend sa carte au concierge. Celui-ci a un geste mou qui signifie pas la peine. René demande au concierge les horaires d'ouverture du palais. Le concierge pointe un panneau du doigt. Bon. Merci. René s'écarte. Au moins, si la police l'interroge, le petit homme pourra dire qu'il a bien rencontré un avocat de Paris au nom tout doux.

Les étoiles dérivent lentement lorsque René traverse le parvis de la cathédrale. Une fontaine murmure. La cloche au sommet de la façade rappelle à René les églises de Californie. Celle de Santa Cruz, par exemple. L'Espagne est proche. Rue de l'Horloge, il frappe à la lourde porte d'un immeuble vieillot, bas, dont les barreaux aux fenêtres protègent des volets clos. On lui ouvre. Mobilier de pacotille. Tapis élimés. Illustrations chair aux murs. La scène se réclame sans fausse pudeur du style pompier. L'antichambre de la liberté est un bordel. On lui ouvre la voie. Il entreprend de gravir un escalier. Croise une belle qui fait ce qu'elle peut pour le rester. Veut laisser passer en sens inverse un officier allemand au col défait, au teint rougi. Mais l'Allemand soudain le fixe. Il lui prend le coude. Il est loin de chez lui, il est gris. Peut-être veut-il voir en René le camarade d'un soir. Peut-être pas. Le cœur de René en tout cas bat la chamade. Le face-à-face s'éternise.

— Mon chou ! Viens donc, mon surhomme ! Ne reste pas planté là !

L'Allemand sort de sa torpeur. J'arrive Jeanine, j'arrive. La prostituée décoche à René une œillade complice. Il lui répond par un sourire gêné. Loue intérieurement la grande présence d'esprit de Jeanine. Il monte encore. L'escalier se fait plus raide. Au fond d'un couloir, une trappe est tirée. Une ampoule nue de faible intensité pend dans le grenier mansardé. René découvre sept autres candidats à l'évasion. On devient vite copains. D'autant (la guerre a des improbabilités difficiles à inventer) qu'un foie gras énorme alourdit une soupière et que les verres scintillent de monbazillac. La première règle au combat étant de ne pas se laisser abattre. Il va tout de même falloir se montrer discret. Rire sous cape. On entend étouffés les bruits des ébats, en contrebas. On se répartit à parts égales des pesetas. René pour les cacher n'utilise pas cette fois un faux Cicéron, plutôt un vrai blaireau dont il a trafiqué le manche. On éteint tôt. On a besoin d'être frais et dispos pour gagner, dans les jours qui viennent, le consulat britannique de Barcelone. L'Afrique. Alors qu'il s'endort, ça fait bizarre à René, il se dit que s'il est en vie demain, c'est peut-être autant grâce à sa mère que grâce à Jeanine.

Huit ou neuf heures du matin, une authentique Citroën de la préfecture, cocarde au pare-brise et plaque minéralogique officielle à l'appui, ronronne en contrebas. René doit l'avouer, il trouve d'abord cela ingénieux. C'est en se cachant le moins qu'on passe le mieux inaperçu. Il y aura deux voyages et René choisit d'être du premier. La Citroën démarre. Quitte Perpignan engourdie. Sinue dans la montagne. Mis à part deux ou trois bergers, on ne croise personne. Sur la banquette arrière on est un peu à l'étroit. René, les épaules rentrées, a des envies de siffler mais il se retient. Ce qui n'est pas le cas de son voisin, qui abaisse sa vitre pour profiter du bon air. L'aventure se présente sous les meilleurs auspices. On franchit le bien nommé pont du Diable, traverse le bucolique village de Céret. À la faveur d'un tournant en épingle à cheveux, la Citroën préfectorale dépose les quatre passagers. Sorti de nulle part, leur guide les retrouve. Salutations. Pas de présentations. Dans certaines circonstances, cela vaut mieux. L'homme est trapu. Teint buriné. Mains d'étrangleur. Béret basque. Âge indéfinissable. Cinquante ans tout aussi bien que quatre-vingts. René a du mal à comprendre son sabir. On attend ensemble le deuxième convoi.

Une heure et demie plus tard, la Citroën cocardée est en approche. Mais, de l'amont, les fuyards doivent se rendre à l'évidence, un convoi fait entendre sa pétarade. Une patrouille de side-cars. La Wehrmacht. René et les autres se tapissent en retrait dans la garrigue touffue. Le guide bougonne. Les side-cars font barrage. L'épingle à cheveux est rendue infranchissable. Les Allemands s'adossent à leurs machines et se mettent à fumer tranquillement.

On pourrait profiter de l'effet de surprise. Se jeter sur l'occupant. On est toutefois en nette infériorité numérique. On n'est pas armé. Alors, impuissant, on retient son souffle. Quelques minutes plus tard, les hommes du deuxième convoi sont fouillés. La Citroën repart à plein vers Perpignan, étroitement escortée désormais par la patrouille allemande et ses pistolets-mitrailleurs. Le guide maugrée de plus belle. Il hoche la tête. C'est devenu trop risqué. Il indique, par quelques gestes saccadés, le chemin à René et aux autres. Et puis il les abandonne. Bon. Ça n'a pas l'air si compliqué.

Mais les candidats à l'Espagne vont devoir passer par leurs propres moyens.

7

On franchit le Tech les pantalons retroussés. Les mois d'été, il est possible de le traverser en gardant les pieds secs. Nous sommes au printemps, la neige fondue vient grossir le cours d'eau. Contrairement à ses compagnons, René a voulu assurer sa couverture jusqu'au bout et n'est pas équipé pour la marche. Costume pied-de-poule et serviette à la main, il a vraiment la dégaine de l'avocat parisien qu'il est. Ses souliers de ville glissent sur les galets ronds. Il est ridicule. Il émet quelques jurons envers lui-même. Ses compagnons ne font pas non plus les malins. L'un d'entre eux souffre d'ailleurs d'ampoules. Mais on grimpe. La nuit tombe. Magnifique. On débouche sur une sorte de plateau rocailleux. L'Espagne s'étale aux pieds des randonneurs clandestins. En contrebas, les lumières des villes libres espagnoles tranchent avec l'obscurité épaisse des villes françaises régies par l'Occupation. Dans le lointain, un foyer plus étincelant. Une métropole qui grouille. On devine Barcelone. Il faut encore marcher. Suivre la route qu'on ne trouve pas, ou bien une voie ferrée dont on entend le trafic mais qui reste invisible. On se perd. On y verra mieux demain. On décide de passer la nuit au bord d'une rivière calme, arborée, en aval d'un torrent de montagne.

Au petit matin, René et les siens sont réveillés par des bruits de baignade. Un type à la moustache sympathique nage nu. Le marcheur ampoulé a bien envie de le rejoindre. Un autre lui demande déjà dans quelle direction se trouve Barcelone. L'homme leur sourit. Leur fait comprendre qu'il les emmène. Membre rétréci par l'eau froide. Chair de poule. Le beau gaillard se drape d'une serviette avant de se rhabiller. Il porte ses godillots lacés autour du cou jusqu'à ce qu'on aborde un chemin. Alors il se chausse. René ne parvient pas à chasser un mauvais pressentiment. Il veut y croire. Après tout, la chance souvent est de son côté. Le chemin rejoint une route approximative. Les quatre Français suivent l'Espagnol premier de cordée. On atteint un village. Puis une grosse bâtisse, dans laquelle le nageur les fait pénétrer à la file indienne. Bancs rustiques. Horloge hors du temps. L'homme leur demande de bien vouloir attendre ici. Aux murs, ils ne lisent pas l'espagnol mais les avis à la population, les affichettes héroïsantes, le portrait de Franco, leur font comprendre qu'ils se trouvent sans doute dans une sorte de commissariat. Ils hésitent. S'échapper les dénoncerait. Ça sent bon le vrai café. Et j'ai mal aux pieds. Le baigneur réapparaît déjà, désormais vêtu de son uniforme. Accompagné d'autres uniformes.

René et sa petite bande sont faits prisonniers.

V

Méditerranée

1

Prison de Figueras. Un grand bourgeois à la cour des miracles. Ce grand bourgeois, c'est René. Ses coreligionnaires sont mieux adaptés à la prison que lui. Les gardiens sont souvent d'anciens prisonniers franquistes et les détenus d'anciens gardiens de prison. René énumère : « monde de crasse, de saleté et de puanteur, monde ubuesque, peuplé de loufoques et d'hurluberlus où s'entrechoquent cruauté et comique, où se côtoient détenus espagnols, escarpes, espions, jeunes Français voulant échapper au S.T.O., aviateurs américains ou anglais (sic). » En vertu de quoi, René a des allures de bête exotique au milieu de la faune des repris de justice et des aventuriers. D'autres sont passés par cette prison. Nous pensons notamment à Maurice de Cheveigné, opérateur radio de Jean Moulin. Les souvenirs de René et ceux de Maurice de Cheveigné se recoupent à bien des endroits. Par exemple, ils trouvent tous les deux que la nourriture (soupe « riche d'huile » offrant même « de tout petits morceaux de viande » selon René) est tout à fait acceptable. Cheveigné, qui connaîtra aussi la prison de Zaragoza, en sera nostalgique.

En revanche, les conditions d'emprisonnement font que René compare l'Oflag de Silésie à un « éden ». On serait tenté de croire qu'il y va un peu fort. Mais jugeons avec lui. Ils sont quatre dans une cellule où le chiotte de grès est arrimé au mur et où un petit évier goutte. Avant que les autorités décident de faire séjourner quatre détenus supplémentaires dans la cellule. Tout ce petit monde dort à même le sol. Et s'il venait au geôlier l'envie d'ajouter encore ici un prisonnier, eh bien, c'est simple, faute de place, il faudrait dormir debout. En vérité, les huit détenus sont loin d'être seuls : des milliers, des millions de poux et de punaises leur tiennent compagnie. Et René, tout comme Cheveigné, fait état de ce que le seul passe-temps consiste à essayer de prendre le meilleur sur eux. L'avocat précise cependant qu'il est interdit d'écraser les punaises sur les murs, que c'est puni d'isoloir. On tient à la propreté. Un conduit pourtant doit être bouché quelque part. Impossible d'ignorer les acides relents de chiasse.

Pendant huit jours et huit nuits, René et ses sept compagnons sont donc purement et simplement séquestrés. Ni livres ni cartes à jouer. Pas question évidemment d'organiser une salle d'armes. Aucune distraction. On les sort de geôle à une seule et unique reprise (le deuxième jour), et c'est pour les tondre. Délectation. La nuit, René essaie de dormir. Son sommeil est régulièrement interrompu par les gardiens qui s'interpellent d'un bout à l'autre de la prison avec force « Alerta ! » afin de se maintenir éveillés. Et dire que quelques mois plus tôt, je batifolais dans une piscine à Vichy. Au neuvième jour, René et ses comparses profitent cependant d'un surclassement. C'est-à-dire que la cellule à l'étage du dessus est désormais assez vaste pour qu'on ne dorme plus avec les orteils de quelqu'un dans le visage. Mais toujours pas de paillasse. Pas davantage de couverture ou de matelas. En revanche, René a désormais droit à la promenade. Foule. Malgré le fait que la récréation des détenus espagnols intervient à un autre moment de la journée. Cheveigné relève dans la cour – carrée, au sol caillouteux – la présence de soldats de Sa Majesté. Il écrit : « Officiers et hommes de troupe se tiennent, comme il se doit dans l'armée britannique, convenablement séparés. Tous assis dans la poussière, mais à part. » René découvre qu'une bonne partie des détenus a tenté comme lui de rejoindre l'Afrique par l'Espagne. Beaucoup de Français sont rassemblés ici. René se souvient du nageur nu. Il s'explique le côté routinier de son arrestation. Combien d'autres aspirants à la liberté a pu coffrer le gendarme avant lui, René n'en a aucune idée. Il y a peut-être un tableau de chasse, quelque part dans un bureau de la Garde civile, sur lequel le nageur fait excellente figure. Et à toutes leurs questions (quand pourra-t-on voir le consul de Grande-Bretagne ? celui du Canada ? quand pourra-t-on envoyer et recevoir du courrier ?), René comme Cheveigné notent que les geôliers font la même et sempiternelle réponse : *mañana, mañana*. Demain. René ne veut pas devenir fou. Tout est bon à prendre pour sortir de cellule. Il se porte volontaire pour être enfant de chœur.

Avec Franco, l'Espagne se targue d'être redevenue un bastion du catholicisme. Messe. Le temps de laquelle les exécutions des condamnés à mort sont suspendues. De leurs cellules, dont les portes blindées sont ouvertes pour l'occasion, ces derniers peuvent faire se mêler la fumée de leur cigarette à celle des encensoirs.

Et puis, sans raison apparente, sans doute parce que la surpopulation à Figueras atteint des proportions ingérables, René est transféré à la prison de Gérone. Il est toujours dans son costume pied-de-poule. Il a une folle envie de se gratter. Il est intérieurement mort de rire. Gérone, c'est déjà ça, est un peu plus au sud. L'Afrique peut-être se rapproche.

Mais à ce rythme-là, la guerre sera terminée depuis longtemps quand René pourra la rejoindre.

2

Gérone. Prison de briques rouges. Fenêtres auxquelles on voudrait s'accouder pour respirer le jasmin des parcs de la ville, dont il ne faut pas trop s'approcher au risque qu'une sentinelle vous abatte. Jeu d'échecs toléré, mais jeux de cartes toujours interdits. On trouve quand même le moyen d'en fabriquer grâce au cartonnage de boîtes de biscuits. René se surprend à enfin apprécier le bridge. Ici comme ailleurs, il veut mettre le temps à profit. Il participe aux conférences improvisées de Hans Hartung sur la peinture abstraite. Tel Don Salluste tombé en disgrâce, porté par l'espoir qu'ils pourront intercéder en sa faveur, il écrit à tous les Grands dont il se souvient en exposant sans fard sa situation. Ce sont des bouteilles à la mer. Mais ne pas les jeter serait renoncer à l'espoir. L'économat de la prison, outre d'avoir le mérite d'exister, est de surcroît corruptible. C'est-à-dire que René dépense les pesetas qu'il a réussi à sauver pour améliorer son quotidien. Qui trafique des cigarettes. Qui du turrón. De Figueras, René a seulement rapporté la gale. À laquelle vient bientôt se greffer une belle angine. Le médecin de la prison l'examine. Pas beau à voir. Il est hospitalisé. Alléluia. Il bénéficie toute une semaine d'un lit « avec matelas, traversin et couverture », ainsi que du régime de « suralimentation » qui consiste en l'addition d'un poisson frit, voire d'un morceau de viande rôtie, à la ration ordinaire. Il a aussi droit à un luxe qu'on ignore trop souvent : le silence. René guérit. Une prison franquiste reste cependant une prison franquiste. Au petit matin, il y a parfois des exécutions. Par strangulation. Si l'on devait placer les convictions sociopolitiques de Maître Bondoux sur une échelle de 1 à 10, le 1 correspondant, disons, à l'anarchisme, et le 10 à l'Ancien Régime, il est fort à parier qu'on se rapprocherait du maximum. C'est pourtant un anarchiste espagnol en désespoir de cause qui trouve en la personne de l'avocat un chevalier qui l'aide, *deus ex machina*, à constituer sa défense et à sauver sa tête.

À la Sainte-Mercedes (le 24 septembre), c'est journée portes ouvertes. Bienveillance des gardiens. Entrain communicatif des visiteurs qui sont la plupart du temps des parents de prisonniers. Babioles improbables fièrement exposées qu'ont fabriquées les détenus pour tromper l'ennui. Accolades. Baisers et larmes. Tourbillon d'émotions, et puis de nouveau plus rien. Nous imaginons la scène dans un film de Buñuel, de Fellini plutôt. René pense à Virginia, à Jimmy. Il se creuse la tête pour se souvenir d'autres noms auxquels écrire. De voir ses codétenus un temps moins seuls, il se sent comme un animal en cage. Il se souvient dans un éclair de María del Carmen Dato y Barrenechea, duchesse de Dato, dont l'ex-époux n'est autre qu'Eugenio Espinosa de los Monteros y Bermejillo. Un gouverneur de Franco, s'il vous plaît. René tergiverse. Il éprouve quelque hésitation à demander ce qui peut s'apparenter à une sorte de grâce. Et puis il se dit que la fin justifie les moyens. Il écrit. Franco est malin. Il joue sur plusieurs tableaux à la fois. Neutre, il parle à Hitler, aussi bien qu'à de Gaulle.

La lettre de René passe la censure militaire du camp. Le met sur orbite pour une libération.

3

Churros et chocolat chaud sur Las Ramblas. Odeur de pâte chaude, sucrée. Les semelles qui collent d'orange fraîchement pressée. Douceur de vivre et opulence. René a peine à croire que Figueras appartient au même univers que Barcelone. Le gouverneur de Franco a donc intercédé en sa faveur. Fait connaître son cas à la Croix-Rouge américaine, par le biais de laquelle René vient d'être libéré. Bains sulfureux, frictions à la brosse de chiendent : sa peau l'est enfin de la gale. Communion avec la foule lors de la corrida. Engouement populaire. Clameurs. Frissons. Hourras. René revit. Il se demande s'il s'est déjà montré aussi souverain sur une piste d'escrime que Manolete dans l'arène.

Allers-retours vers le consulat britannique. On vient aux nouvelles. Clair-obscur. Incertitude et attente, encore. Quand pourra-t-on rejoindre son armée ? René, comme de nombreux autres, a hâte d'en découdre. La Corse vient d'être libérée avec l'aide de l'Italie passée du côté des Alliés. On sait les Allemands au plus mal. Ils reculent un peu partout. Ils tâchent d'oublier Stalingrad. Il y a des listes, encore. Un beau jour, c'est au tour du nom de Bondoux d'y figurer.

Train vers Málaga, mille kilomètres au sud. Paysages

mangés d'ocre. Façades blanches qu'il faudrait repeindre mais qui pourtant aveuglent. Méditerranée comme un miroir dur. À l'arrivée, regroupement dans les arènes de la ville. Les heures passent. Mille cinq cents, deux mille personnes peut-être, attendent encore sans trop savoir pourquoi. Des membres de la Garde civile avec leurs bicornes de Guignol veillent l'arme au poing. Si bien que René, qui a appris à se méfier, se demande s'il ne va pas par un coup bas du sort être de nouveau versé en prison. *Mañana, mañana*... résonne déjà à ses oreilles. Mais ça y est. On se met enfin en branle. Direction le port. Échangés contre des tonnes de céréales, René et un bon millier d'autres embarquent à bord du *Gouverneur Général Lépine*. La passerelle à peine arrimée, les voyageurs se précipitent. Les baluchons deviennent des gants de boxe. Les semelles des fers rouges. Dans la vie de René, il y a eu le *Lafayette*. Puis le *Vulcania*. Le *Gouverneur Général Lépine* vient compléter la trinité. Il vaut bien qu'on s'arrête un instant sur son histoire. C'est un miraculé. Novembre 1942. Son commandant, à qui Vichy ordonne de revenir au bercail, ignore royalement sa hiérarchie. Le *Gouverneur Général Lépine* gagne l'Algérie. À deux reprises au moins, il réchappe des bombardements. Les Allemands voudraient d'ailleurs tellement le voir par le fond que leur propagande l'annonce – à tort – torpillé avec à son bord mille passagers, tous disparus. En ce mois de décembre 1943, le *Gouverneur Général Lépine* est bien à flot. Sa cheminée fume paisiblement. Les ancres sont levées. Alors que René fait du pont ses adieux à l'Espagne, le vent vient gonfler le pavillon de la Croix-Rouge qui bat à la proue du paquebot. René ne s'en rend pas compte : une dernière punaise s'est cachée dans le mouchoir blanc qu'il agite. Elle boit la tasse.

Mais dès que le navire a rejoint les eaux internationales, c'est bien le drapeau français qui est hissé. Le *Gouverneur*

Général Lépine et un second paquebot, le *Sidi Brahim*, sont désormais escortés par deux avisos de la marine française. À leur poupe pareillement flotte le drapeau tricolore à croix de Lorraine. La nuit tombe. Sortilèges d'une mer d'huile. Obscurité totale. Hublots occultés. Pas le droit de fumer. René savoure pourtant comme aucune autre cette croisière qui n'en est pas une. Il hume l'air à pleins poumons, et voudrait rugir. Bien sûr, il repense à Virginia. Los Angeles. Venise. Dubrovnik. Où est Virginia. Que fait Virginia. Il a peine à croire que Jimmy a cinq ans et ne le reconnaîtrait pas. Il veut combattre pour provoquer le destin, hâter les retrouvailles. On aborde Gibraltar qui brille de mille feux. Graviers d'étoiles chues semblant ne jamais devoir s'éteindre. Les Britanniques se gaussent d'avions allemands dans l'impossibilité de distinguer leur bout de rocher des villes espagnoles qui l'entourent. Les projecteurs de la défense aérienne rappellent ceux de Hollywood. Lune blond vénitien.

Gibraltar salue René, enfin en route vers l'Afrique du Nord.

4

Casablanca. Barques bariolées de pêcheurs prises comme des bouchons dans le sillage des paquebots. Débarquement festif. Youyous et embrassades. René n'est pas seul, il a fait le voyage avec de bons compagnons, dont certains vont le suivre presque jusqu'au bout. Il est du genre à rire, d'un rire bienveillant, de la légende noire d'Éluard où pleure un solitaire. A-t-il toutefois un pincement au cœur à voir des familles se reformer sur le quai ? C'est très possible. Mais il voit toujours le verre à moitié plein. Et puis, comment ne pas sourire dans ce beau port pavoisé bleu-blanc-rouge ? Il redécouvre même sans déplaisir (c'est un comble) l'administration française et sa bienheureuse paperasse. État civil. Profession. Statut marital. Etc., etc. Il est interrogé à la régulière par un agent en uniforme colonial qui sent le mouton. Au moment de signer, il remarque des traces de gras sur son formulaire. Il a soudain une folle envie de brochettes épicées. C'est fastidieux, mais c'est terminé. René a officiellement mis en accord son identité et son action. Il existe pleinement. Il est heureux. Il est accueilli par un général et un amiral qui, faute de consentir à se montrer chaleureux (après tout, les nouveaux arrivants ne font que leur devoir), sont quoi qu'il en soit contents d'avoir de nouvelles recrues. Ils se relaient sur une petite estrade devant un micro crachotant. Et s'ils ne se contredisent pas entre eux, c'est tout comme. Stupeur dans la salle. René découvre que ce n'est pas parce que Giraud et de Gaulle se sont serré la main que tout ce beau monde s'entend bien. Les partisans de l'un ont une fâcheuse tendance à tourner le dos aux partisans de l'autre. L'un exhorte même à combattre pour délivrer le Maréchal. Pas vraiment idéal en matière d'esprit d'équipe. René voudrait ne pas avoir à choisir. Le fait que ce soit par la filière de Robert de Neuchèze qu'il soit ici le destine naturellement au régiment de ce dernier. Ce sera donc le 2e Dragons. Direction Sfax, à bord d'un Dakota assourdissant à la carlingue ajourée par les balles.

Il faut dire que le nouveau régiment de René existe avant tout sur le papier. Faute d'effectifs, certaines cases dans l'organigramme sont purement et simplement vides. Faute de matériel, le régiment est fantôme. Pendant que le général Giraud essaie de convaincre les Américains de lui fournir un équipement digne de ce nom, René et ses hommes vont parcourir la région à la recherche d'outillage abandonné par les Allemands et les Italiens. On chine à l'œil des reliques de la guerre du désert dans la forêt d'oliviers. Pêche miraculeuse d'un nouveau genre. Des hectares et des hectares d'allées régulièrement plantées à parcourir, à déraciner parfois, pour hisser sur plateforme des machines calcinées ou pas. Partout une odeur brûlée de pneu, de tôle. Un mouchoir devant le nez et la bouche, on soude. On perce. On rafistole. Le 2e Dragons devient un garage à ciel ouvert. Chacun met la main à la pâte pour remettre en état de marche ce qui peut l'être. Cambouis. Huile de moteur. Sueur. En tant qu'officier, René récupère une Volkswagen qu'on retape et repeint aux bonnes couleurs. C'est une vraie joie de voir la croix gammée disparaître sous la ponceuse. Bref, on bricole en espérant toutefois ne pas avoir à combattre Rommel et les siens à bord de machines qu'ils connaissent comme leurs poches. Côté recrutement, on accueille à tour de bras des soldats du rang et des officiers qui ont connu peu ou prou les mêmes vicissitudes que René. Si bien que le nom officieux du 2e Dragons devient le régiment des Évadés de France. Au détour d'une discussion, René apprend que l'épouse d'un soldat a droit à une partie de sa solde. Il aimerait bien que ce soit le cas de Virginia. Mais voilà, sa situation n'est pas prévue, il y a semble-t-il un vide juridique. Sa femme étant américaine, pas sûr que cela fonctionne. Alors il se rend à la capitale afin d'en avoir le cœur net.

La capitale, c'est Alger. Alger la blanche éblouit. Alger la blanche tourbillonne. Il y a ici une concentration des pouvoirs, une densité des populations qui font qu'il s'y passe toujours quelque chose. René se sent au centre de ce que l'on désigne assez pompeusement du nom d'Empire français. Son histoire de solde n'est pas très importante, mais il semble que sa réputation le précède. Le commissaire aux Finances en personne le reçoit. Bondoux, le nom lui a dit quelque chose. Il a une petite dette à se faire pardonner. Pierre Mendès France est alors âgé de trente-sept ans. Il a jadis plaidé aux côtés de René. Mais ce n'est pas une affaire passée qui le chagrine. Mendès France expédie énergiquement une directive afin que Virginia perçoive ce qui lui est dû. Et, au moment de prendre congé :

— Cher maître, j'ai une confession à vous faire. Je suis le seul député à avoir voté contre notre participation aux Jeux olympiques de Berlin... Vous m'avez presque fait regretter mon geste.

Avant de retrouver son désert, René socialise. Il obtient des nouvelles de l'ami Lemoine. Le champion s'est montré valeureux à Bir Hakeim. Il est actuellement stationné à Bangui. René lui adresse un court message poste restante.

En garde, petit bonhomme ! Au Cercle des officiers, il croise un type énorme. Crinière abondante et ébouriffée. Arcades sourcilières de boxeur. Lippe pantagruélique. L'ours de la taïga s'est bien acclimaté. Hâbleur, conteur, « en sa tenue d'aviateur buvant sec avant de briser sa coupe », celui qu'on appelle Jeff est impossible à arrêter. René s'en envoie quelques-uns derrière la cravate en sa compagnie. Il s'éclipse alors que Joseph Kessel monte en puissance et propose d'enchaîner au bar du Saint-Georges. Tout sauf une ombre.

5

On fêtera Noël d'ici à quelques jours. Il faut croire que Santa Claus a de l'avance. René de retour au port de Casablanca assiste au déchargement de chars d'assaut, d'automitrailleuses, de camions de transport de troupes. Il accuse réception avec l'envie de sauter de joie. Son régiment fait donc partie de ceux qui doivent bientôt débarquer en France. De retour à Sig, où le 2e Dragons est désormais cantonné, l'enthousiasme est général. Un sensible regain d'énergie fait parfois perdre un peu la tête aux hommes.

Ainsi de R. Peugeot qui porte bien son nom, entraîne René dans une virée en jeep. Dans les mains de Peugeot, la jeep se mue en charrette du diable. Gerbes de rocaille. Moteur au bord de la rupture. Les pneus du véhicule labourent le djebel. René se demande si Peugeot, qui peut se montrer « lugubre », n'aurait pas des penchants suicidaires. Il croit en tout cas plusieurs fois sa dernière heure arrivée. René vit d'ailleurs dangereusement en ce moment. Les Américains ont mis sur pied un centre d'entraînement nec plus ultra. Au programme : formation théorique sur les mines et autres explosifs, et puis aussi mise en pratique avec déminage à plat ventre chronométré sous les balles traceuses. René transpire. René a peur. Mais il est officier nom de nom. Il ne doit pas fléchir. Les Américains tiennent un classement des élèves. Y figurer en dessous de ses subordonnés est inenvisageable pour le capitaine Bondoux. Comme à l'école jadis, il termine en tête. Il est un peu énervant mais, convenons-en, cette première place, il ne l'a pas volée.

En tant que chef d'escadron, René fait de son mieux pour que pro-Giraud, pro-de Gaulle et indigènes s'entendent. Il y a des frictions, des remarques ou au contraire des silences qui en disent long. René n'est pas du genre à aller se plaindre, mais la situation des loyautés contraires s'enlise. Il a peur de se retrouver au front avec une mutinerie. Il sait bien que son supérieur, le colonel Sauzey, qui passe beaucoup de temps à intriguer à Alger pour que le 2e Dragons soit incorporé à la division Leclerc, a d'autres chats à fouetter. Il suppute que son supérieur n'a ce faisant aucun état d'âme : de Gaulle, à ses yeux, est un insubordonné qui mérite pour ainsi dire la cour martiale.

Cependant, tous l'ignorent, mais le colonel Sauzey est sur un siège éjectable.

6

Il y a un nouvel arrivant à Alger, et il ne goûte pas du tout les manœuvres du colonel. L'homme marche à l'aide d'une canne, mais n'allez pas le croire chancelant. Son œil gauche semble toujours à demi fermé, mais n'allez pas penser qu'il ne voit pas tout. Jean de Lattre de Tassigny a été le plus jeune général de France. Les troupes sous son commandement ont par trois fois repoussé les Allemands et capturé des milliers de prisonniers. La tête haute, il n'a jamais été vaincu. Lui non plus ne fait pas mystère de ses allégeances. Il veut être à l'armée ce que de Gaulle est au pays. Un seul mot d'ordre : ensemble. René dans ses Mémoires trouve des accents lyriques. De Lattre veut rebâtir « l'armée unie de la France éternelle ». Quand il apprend que le 2ᵉ Dragons est sur le point d'être placé sous les ordres d'un autre que lui, le roi Jean voit rouge.

Tournée d'inspection surprise au régiment. Jours d'arrêt distribués à la pelle. Dur et tatillon à souhait, de Lattre impressionne. Il a le charisme tranchant. René retient son souffle. Dans son escadron, vingt cavaliers indigènes bombent le torse sur leurs montures. Splendides. Il faut dire qu'on a longuement brossé les robes. Jusqu'aux boutons, jusqu'aux godillots des hommes du corps de garde ont été frottés à la salive. René est à peu près le seul officier à s'en tirer à bon compte. Mais à l'étage supérieur, le colonel Sauzey est remplacé par le colonel Demetz. Changement de musique. Plus d'improvisation. Plus de romantisme. On va faire la guerre comme on va à l'usine – la foi en plus. De Lattre réorganise à tour de bras. Il dissout par exemple le 2e régiment de spahis algériens, dont des membres viennent grossir l'escadron de René, au nombre desquels le dénommé Bouchtara qui devient son ordonnance. Carcasse solide, yeux noirs, visage grêlé, crâne enturbanné du matin au soir, Bouchtara est homme de peu de mots. Il a pourtant des délicatesses à faire pleurer les pierres. Tous les soirs, il dépose ainsi sur l'oreiller de René deux ou trois fleurs fraîches.

La route qui relie le poste de commandement de De Lattre au cantonnement de René est rendue grasse et glissante par les sauterelles qu'on a écrasées au vol. Sans même s'en rendre compte, René pénètre dans le premier cercle. Quelque chose chez le général le fascine, l'attire, et de Lattre le sent bien. Il va pouvoir remuer ce type, le modeler, en faire un fidèle parmi les fidèles. Enfin, c'est ce qu'il pense. De Lattre parfois est alité. Il a le souffle court. Il est alors bien sûr d'une humeur exécrable. Encore plus impitoyable qu'à l'ordinaire. Aucune explication sur son état de santé. Il s'en ouvrira, plus tard, dans son *Histoire de la première armée française* : « Une menace de congestion pulmonaire, héritage bien connu des gazés de l'autre guerre, me condamne à garder le lit et c'est dans ma chambre que se réunit mon état-major. » Quoi qu'il en soit, René n'obtient de De Lattre aucune indication de date pour le débarquement en France. Il ronge son frein.

La région de Sig est riche en vignobles, mais on boit moins qu'avant. Il y a chez le général un sens de la mesure qui retient les chevaux. Chaque chose en son temps. Quand il faudra répondre présent, on s'exécutera. Aux côtés de ses supérieurs, René assiste à une représentation théâtrale à moitié improvisée, donnée dans un ancien pressoir où sont entreposés des tonneaux désaffectés. Tous sont passés par là – de Lattre aussi –, alors on mime des histoires d'évasions. On a l'idée de structurer la pièce en trois actes, à la façon d'une rame de métro. Pour la troisième classe : on va à pied, en proie au froid et aux chiens. On échoue dans une prison espagnole où l'on attrape au mieux des poux. Pour la deuxième classe : pouce en l'air, on fait pour ainsi dire du stop avant d'être recueilli par un sous-marin français. Pour la première classe (le clou du spectacle) : un avion miniature vient vous chercher à votre domicile. Il faut dire que vous n'êtes pas n'importe qui. La preuve : de l'aéroplane émerge le képi à cinq étoiles d'un général. « Et ce petit avion attaché à un fil invisible [de survoler] à hauteur de charpente toute l'assistance... » De Lattre apprécie moyennement. Mais il feint de rire. Pour être poli. La vengeance est un plat qui se mange froid. Quelques jours plus tard, lors du déjeuner, le général insiste pour qu'on lui creuse dans la roche du djebel un théâtre à l'antique. Ce pour le lendemain même. Ah bon, c'est impossible ? Eh bien ce sera fait. À chacun son tour de se marrer un peu.

7

Derrière la vengeance, l'objectif véritable de De Lattre est de s'assurer que tout le monde est fin prêt. Et c'est un théâtre avec gradins qui jaillit à flanc de coteau dans un temps record. Parce qu'on n'aura plus le loisir, après le débarquement, de se familiariser avec ses bulldozers made in USA. Parce qu'il faudra aller vite, à leur volant détruire un barrage ou au contraire bâtir un pont en seulement quelques heures. Le temps est venu. Le plus dur commence. René est heureux. Forgé. Il faut se savoir coupable pour devenir en mesure d'espérer le rachat. Il en est pleinement conscient. Il l'écrit dans ses Mémoires, avec un peu de pompe. « Cette guerre prévue comme une [...] parenthèse dans le cours d'un monde bourgeois bien assis sur sa démocratie de jouissance [...], cette guerre a fait de moi, l'amateur favorisé convaincu que l'"à-peu-près" d'une armée – dont j'avais cru qu'elle était la plus forte du monde – me conduirait à la victoire, le soldat presque professionnel d'une armée [...] rigoureuse [...]. Tout [est] prévu. »

Sur ce dernier point, René fait d'ailleurs preuve d'une honnêteté qui va peut-être faire grincer des dents. Il note que certains officiers ont déclaré davantage de mulets qu'ils n'en ont embarqués sur les navires en partance pour la Provence. Ce afin de ménager de la place pour celles qui vont venir remplir « la boîte à bonbons ». En d'autres mots, pour les prostituées du bordel militaire de campagne. Héros, salauds ou les deux : beaucoup de ses usagers sont Morts pour la France. Et que dire encore de celles qui se sont offertes à eux.

VI

Berlin

1

René avance. Les aiguilles de pin crissent sous ses pieds. À la tête de son escadron de reconnaissance, il est littéralement en première ligne. Le cœur qui bat. Pas vraiment de peur. Surtout d'émotion. Il regarde tout autour de lui. La mer azur. Les troncs aux sèves entêtantes. Les rochers. Il a chaud. Sans y faire attention, il a accéléré le pas. Pris de l'avance sur son régiment. Il est tout à fait seul. La hanche lance. Il veut profiter un instant du moment, il sourit, il s'étire. Ça craque un peu. Mais il s'accroupit brusquement. Il se cale de tout son long derrière un tronc large. Il retient son souffle. Il jette un regard dans son dos, un autre devant lui. Ceux du 2e Dragons sont encore trop loin. Il est face à l'ennemi. Toujours aussi seul. De derrière son tronc, il a du mal à discerner l'uniforme mais il croit reconnaître, tapi derrière une grosse pierre ronde, le pantone verdâtre de la Wehrmacht. Il se force à respirer plus longuement. Il voudrait assagir son cœur qui tambourine maintenant de stress. Il épaule son arme, dégage le cran de sûreté. Il entame son approche, recroquevillé, calant son pas sur le bruit régulier des vagues. Les cigales autour de lui chantent sans discontinuer. Il lui semble pourtant qu'il fait un vrai vacarme. Ça y est. Il braque l'ennemi.

Ferdinand. C'est Ferdinand.

Un mannequin, parachuté ici par erreur. Une poupée de son, un leurre militaire auquel des fougères dans l'ombre ont donné l'allure d'un soldat à l'affût. Bondoux peste, tape sur l'épaule du tas inanimé qui s'affale. René rit. Pas trop haut.

Cette petite frayeur mise à part, le régiment progresse facilement. C'en est même surprenant. Les routes sont vite déminées par les pionniers de René qui les sillonne à bord de son automitrailleuse de commandement baptisée *Île Saint-Louis*. Un crapaud trapu et véloce, haut sur roues, ouvert de meurtrières, amphibie comme l'animal qui lui a sans doute servi de modèle. Le M20 américain est cependant vulnérable aux mines, si bien que les Britanniques protègent sa coque de sacs de sable. René ne s'est pas donné tant de mal. Devant l'absence d'opposition, il embarque seulement quelques munitions. C'est la saison : on croise surtout des paysans appliqués à récolter les melons. Chapeaux de paille qui quittent un instant les crânes luisants dans la chaleur. Saluts militaires mous en réponse. Nous ne voudrions pas peindre l'affaire sous un jour trop rose mais c'est René en personne qui nous l'apprend, il débarque en France « sans avoir à tirer un coup de fusil ». On est encore loin des luttes héroïques, du sang et des larmes. Tout ça viendra bien assez tôt. Et le capitaine Bondoux s'abandonne pour le moment à la douceur de retrouver les paysages du sud de la France. Il essaie de rester sur le qui-vive, petit à petit, son attention s'émousse. Son arme, son fourniment, lui semblent superflus. Risibles. De sa traversée de la garrigue se dégage un parfum d'école buissonnière. Il a jadis passé des vacances ici. On aperçoit bientôt les mâts du port de Saint-Tropez jouer dans le vent. René a des envies soudaines d'imiter le coucou. On croise encore un ou deux Ferdinand égarés. L'alerte donnée n'est plus si inquiète. Les Allemands, c'est manifeste, ont déguerpi. Ce soir, on campe. La chair des melons est succulente, on s'en met partout. Alors oui, maintenant, René parmi les hommes de son régiment prend l'apéritif sans se faire prier.

Puis c'est une étape suspendue dans un petit village, Éguilles, entre Aix et Avignon. La reconquête prend des allures de drôle de guerre. René aurait envie de s'y abandonner mais alors le souvenir de Dunkerque lui botte le train. Se méfier de la douceur des choses... Et c'est comme si son supérieur, le colonel Demetz, pressentait le danger qui le guette. Coup de semonce dans l'équanime été. Il convoque René à son P.C.

2

Le type est jeune. Long. Immanquablement, on pense à une asperge. Ses parents sont plutôt courts sur pattes, lui non. Il a les oreilles décollées. L'air de s'en vouloir de quelque chose, de ne pas avoir aidé à débarrasser la table par exemple. C'est un bon gars. Mais il n'a que seize ans. Bernard de Lattre de Tassigny ne ressemble pas à son père et pourtant, comme on dit, sur l'essentiel, bon sang ne saurait mentir : il a obtenu de la main de De Gaulle une dérogation pour avoir le droit de combattre. Et c'est le 2e Dragons qui va devoir l'accueillir. René a envie de demander pourquoi moi, il s'abstient. Le colonel Demetz veut-il tester l'officier de réserve qu'il est ? Est-ce une marque de confiance de sa part, voire de celle du roi Jean en personne ? René s'éloigne du P.C. d'un pas ample aux côtés de son nouveau subordonné, pas bien sûr de savoir quelle attitude adopter avec lui. Par exemple, doit-il lui proposer une cigarette ? Il se dit qu'à seize ans, lui-même déjà fumait. Raté. Le petit de Lattre ne fume pas. Un rapide examen permet à René de jauger les qualités du jeune homme qui, s'il a du cœur, est encore loin de maîtriser le métier de soldat. Le capitaine Bondoux se gratte la tête. Place sa nouvelle recrue sous les ordres d'un « voltigeur » prénommé Mohamed. Il faut dire que pour l'instant, ça va. Pas une échauffourée à se mettre sous la dent. La guerre, on la fait ailleurs. On continue sur la lancée du débarquement. On défile dans Montpellier. Des gendarmes à bicyclette font cordon pour la foule, donnent de brefs coups de sonnette pour que les spectateurs rangent leurs pieds parce que les chenilles des tanks ne font pas dans le détail. L'opéra municipal, place de la Comédie, est pavoisé d'une grande croix de Lorraine qu'encadrent les couleurs françaises et alliées. De Lattre père est debout, en tête de cortège, dans sa voiture de parade décapotée dont le capot croule sous les fleurs. René n'est pas loin. Clameur. Hourras. Aux melons offerts s'ajoutent désormais des mets plus élaborés, saucissons, pâtés, vins de garde. On est très heureux d'agrémenter la ration K qui vous laisse sur votre faim et qui n'est pas loin d'être infecte (René regrette la bouillie de la prison de Figueras), mais contient pas moins de douze clopes par jour. En revanche, il y a un autre genre de festivités, tout aussi publiques et pas moins acclamées d'ailleurs, qui placent René, avocat et homme de goût, doublement en porte-à-faux. Il avait imaginé qu'on ne croyait plus depuis longtemps aux sorcières et pourtant voilà, le rituel existe toujours. Car on fait défiler dans les rues des femmes pour ainsi dire en porte-jarretelles et tondues. Sur le front, croix gammée dessinée au khôl, ou bien au charbon. Au cou, la plaque de métal des gendarmes allemands. Il y a tellement d'obscénité dans cette scène : ces femmes jeunes, souvent jolies, ainsi avilies et que votre œil cependant ne peut s'empêcher de détailler – le galbe d'un fessier, le plein d'une gorge, et vous vous demandez si la nuisette est douce au toucher, déjà votre imagination dérape et voilà, la nuisette a glissé des belles épaules au pied du lit. Aucune instruction, encore moins de procès. Des rumeurs et du bouche-à-oreille. Du dégueulasse à souhait. René a honte, et nous avec lui. Des types surgis de nulle part mais qui prétendent que c'est du maquis racontent à qui veut bien l'entendre – l'oreille est attentive dans ces cas-là – qu'ils ont surpris « la salope », « la putain », en train de fricoter avec les Fridolins. René repense à sa protectrice de Perpignan. Il se dit qu'il en viendrait pour elle aux mains. Il voudrait revêtir instamment la robe d'avocat mais sait que le fleuret serait sans doute plus efficace.

De nombreux gus viennent frapper à la porte de l'armée régulière. Ceux-là réclament des fusils pour se battre. Ils proclament une indépendance farouche et s'estiment dans leur bon droit. On essaie gentiment de les convaincre de s'engager. On les enrôle, F.F.I., F.T.P., maquisards dépenaillés aux manches retroussées et aux allures de mauvais garçons qui ne sont pas non plus systématiquement des patriotes de la première heure. René récupère ce faisant la compagnie F.F.I. Conti. Mettre au pas, intégrer tout ce beau monde, n'est pas une mince affaire. C'est même peut-être le plus dur : faire que la France ne boude pas la France. Avec l'addition de toutes ces bonnes volontés, on pourrait s'attendre à ce que les effectifs de la 1re armée française explosent. Il n'en est rien. Force est en effet de constater que les troupes changent dans le même temps de couleur de peau. C'est-à-dire qu'on va devoir monter vers le nord et que les Noirs et les Arabes, semble-t-il, en frissonnent. C'est en tout cas la version officielle qui prévaut encore aujourd'hui. En conséquence de quoi, de Lattre « blanchit » ses régiments. Le mot, comme vous, nous a fait sursauter. Il faut se rappeler que l'armée américaine, dont dépend la française, est alors ségréguée. Les Blancs d'un côté. Les Colorés de l'autre. De Lattre écrit : « Des bataillons entiers de Sénégalais [sont], du jour au lendemain, remplacés par des bataillons F.F.I. » Les régiments de tirailleurs sénégalais sont même rebaptisés « régiments d'infanterie coloniale ». Nous pouvons voir en ce *blanchiment* (le mot décidément fait tache) une belle occasion ratée de faire progresser les Français sur la voie de leurs idéaux. Liberté. Égalité. Fraternité. Une promesse d'universel qui nous fait aimer la France. Et le capitaine Bondoux? Il est content d'avoir au moins pu garder à ses côtés Bouchtara. Il a envie de prendre son aide de camp dans les bras, de le faire participer à la fête. Le beau Bouchtara considère l'émotion de René d'un œil incompréhensif.

3

Une chose comme la guerre est donc confuse. On voudrait croire qu'elle révèle et purifie mais elle embrouille, avilit aussi bien. C'est une entreprise humaine. La seule guerre vraiment sainte consiste à ne pas la faire. Et René, en en expurgeant l'amateurisme, voudrait au moins la rendre nette. Sans bavure. Un bel outil qui tranche une bonne fois pour toutes, et sans en mettre partout... Ce ne sera pas pour cette fois. Autun. Les résistants n'attendent pas l'arrivée des troupes régulières. Ils engagent de leur propre chef les hostilités contre la Wehrmacht. C'est David contre Goliath. Mais David a pour seule fronde son intrépidité. La hardiesse des maquisards est louable. Leur sacrifice sans doute inconsidéré. La 1re armée de France arrive trop tard pour leur prêter main-forte. Massacre.

René, bon an mal an, est en route. D'autres que lui, qui ne se cherche pas d'excuses, déplorent des problèmes de carburant. On progresse à l'économie. Il s'agit pour son escadron d'interdire aux colonnes ennemies en repli le passage par Autun. D'encercler les Allemands encore présents dans la ville, afin de les forcer à se rendre. René, bien sûr, n'en sait rien. C'est un simple soldat. Le colonel Demetz lui a ordonné la veille d'aller tenir le carrefour du secteur nord de la ville. Temps de chien. Ciel bas. Pluie.

Les voies sont gadoueuses. Les hommes crottés, frigorifiés, battent la semelle, s'embourbent. Ils hésitent, en outre, à s'abriter sous les arbres : les quelques paysans croisés sur le chemin leur enjoignent de ne pas écraser les ceps. L'automitrailleuse de René s'en tire à bon compte. On plaisante : elle ne porte pas le nom d'*Île Saint-Louis* pour rien. La progression est lente. Mais Autun n'est plus qu'à une quinzaine de kilomètres. Seulement voilà.

Les Allemands sont là. Un détachement de colonne blindée déborde de toutes les ruelles du hameau de Fontaine-la-Mère. C'est costaud. Beau comité d'accueil pour René et ses hommes. Jusqu'aux balles traçantes déjà dessinent de fugaces guirlandes : on est repéré. On n'a pas le temps de faire machine arrière et, de toute façon, cela n'entre pas dans les plans de René. Alors les barillets sont vidés. Rechargés. À défaut de vaincre, on force le passage. On prend de vitesse. On passe. Mitraille. Incendies. Courses-poursuites avortées. On fait tout de même de beaux dégâts chez les nazis, qu'on a un peu pris par surprise. Un char Tigre est réduit « en brioche ».

Avant la tombée du jour, on a pu gagner des positions favorables dans les collines, au nord d'Autun. Bonne visibilité. Exposition limitée au feu ennemi. À l'aide des automitrailleuses et de deux chasseurs de chars, on bloque résolument le passage dans un sens comme dans l'autre. Autun claquemurée se tapit dans son silence boudeur, son obscurité pingre. Quelques uniformes de la Wehrmacht sont repêchés dans l'Arroux, avec ou sans soldats pour les rempailler. De petits essaims d'Allemands viennent harceler l'escadron à coups de virées de side-cars. Mais ils ne font pas le poids. René, cependant, perd des hommes. Bernard de Lattre revient blessé. La poisse. Le gamin saigne à foison. Garrot. Il y a urgence. Fébrile, son capitaine l'envoie à la clinique d'Anost que tiennent des résistants. Anost est à moins de trente kilomètres – mais il va falloir traverser les forêts du Morvan. Repérer les mines pour les contourner. Déjouer les embuscades. René fait escorter la jeep, dans laquelle de Lattre est blanc comme un linge, par une automitrailleuse. Le chirurgien juge que l'état du jeune homme nécessite le confort d'une convalescence au Val-de-Grâce. Le soir, René trouve sur son oreiller les fleurs fraîches de Bouchtara. Les images, les sons reviennent. Voilà. C'est la guerre. Il a les mains pleines de cambouis, de sang, il s'en étonne vaguement. Il se demande où Bouchtara a bien pu trouver ces jolies fleurs, disons des scilles d'automne, voilettes violettes qui sont aussi le deuil. Soudaine poussée lacrymale. René se mord la lèvre. Il n'a pas vraiment le luxe de s'épancher.

Les Allemands tentent une nouvelle fois de rompre l'encerclement. Mais ils ont changé de braquet. Les débats du jour font figure d'escarmouches. À la faveur de l'obscurité, la Wehrmacht sort l'artillerie lourde. Ça ronfle ça siffle et ça gronde. René et ses hommes ne ferment pas l'œil de la nuit. Ils ne lâchent rien. Le commandant de Neuchèze, celui-là même que René a rencontré à Toulouse et à qui il doit la liberté, verrouille quant à lui le secteur sud. Fontaine-la-Mère, justement. Les Allemands en retraite se sont regroupés. Ils veulent à tout prix se replier sur Autun toujours aux mains des leurs. Fontaine-la-Mère leur est un passage obligé. De Lattre père : « Le chef de char – brigadier-chef Gaglione – est tué. Aussitôt Neuchèze le remplace. Quelques secondes plus tard, une balle en plein front lui apporte la mort des héros... » Mais Français de tous bords – soldats, résistants, maquisards – répondent présents. Les canons de 155 chauffent. Qu'on s'imagine une pluie d'obus de plus de quarante kilos s'abattant sur la colonne allemande qui compte trois, quatre mille hommes, et pas mal de chevaux. Guernica inversé. Dans Autun, les

Allemands comprennent que les renforts ne viendront pas. C'est chacun pour soi. Entre chien et loup, les derniers d'entre eux abandonnent armes et uniformes. Ils s'enfuient, ils désertent, c'est selon. Et lorsque, sur le coup de sept heures du matin, l'automitrailleuse de René parvient, sans trop d'égratignures, à se faufiler par la millénaire porte d'Arroux, on ne trouve plus un seul Allemand en ville.

Après Autun, on pousse vers le nord-est. La pénurie d'essence se fait désormais cruellement sentir. On siphonne tout ce qu'on peut. Dijon. Les Allemands sont déjà partis. On a le loisir de peaufiner la revue de troupes. De Lattre d'un pas martial s'approche de l'*Île Saint-Louis*. Dans sa tourelle, René est au garde-à-vous. Il a eu le bon goût de coiffer un phare de son automitrailleuse du casque d'un soldat allemand fait prisonnier. De Lattre sourit faiblement. Le capitaine Bondoux est content de permettre au général de se changer les idées. Mais De Lattre s'éloigne déjà.

4

On imagine difficilement Jean de Lattre de Tassigny en papa poule. L'homme est aujourd'hui auréolé de gloire. Paré de vertus héroïques. On loue sa droiture. Sa loyauté bien sûr. Mais ce qui nous le rend attachant, en vérité, n'est pas ce qui fait de lui un vainqueur. Un aristocrate héritier d'une certaine idée de la France. Ce que nous chérissons en lui, nous le découvrons entre les lignes. C'est la violence exigeante faite à l'instinct protecteur du père. C'est le refoulement quasi inné, qui lui coule dans les veines depuis des siècles, de toute forme de condescendance envers sa propre progéniture. C'est la répression de l'amour au service de l'amour. Nous ignorons les secrets du cœur de Jean de Lattre de Tassigny. Mais il en sait toujours plus long sur les faits et gestes de son fils que son apparente indifférence ne le laisse supposer. Il est pour Bernard un ange gardien de l'ombre. Et en ce jour d'hiver, lumière blafarde mal réchauffée par le rougeoiement de sa gauloise, il convoque à son P.C. le capitaine Bondoux avec la ferme intention de lui frotter les oreilles.

— Savez-vous où se trouve mon fils ?

— Au Val-de-Grâce, mon général.

Regard direct. Bondoux escrimeur n'a peut-être jamais

été si durement touché. De Lattre en retire son képi. Calvitie avancée.

— Vous ignorez donc où sont vos hommes...

Merde, pense René. Merde.

— Mon fils s'est évadé. Et c'est pour vous rejoindre.

Cette dernière phrase accompagnée d'un tic. La lèvre supérieure du général se relève subrepticement – témoignage de satisfaction. Car le roi Jean est content. Bernard a la bougeotte. Bernard veut se battre. Et c'est grâce au capitaine Bondoux qui lui révèle son fils. Il est heureux de ne s'être trompé ni sur l'un, ni sur l'autre. Dans la foulée, il conclut :

— Capitaine, vous resterez ici déjeuner à ma table.

Pour René, ce repas dans un bel hôtel de Montbéliard est une parenthèse bienvenue. Il est un peu pataud dans son uniforme maculé. Redécouvre avec émoi l'usage de couverts dignes de ce nom, d'une discussion entre gentilshommes dont le savoir-vivre est aux aguets. De Lattre semble vouloir parler de tout sauf de la guerre. René n'a rien contre. C'est la première fois qu'ils échangent en tête-à-tête. D'un côté comme de l'autre, un léger sourire concède qu'on espère que ce n'est pas la dernière. Il y a du vin au menu. René s'en émeut. Il se remémore la prohibition à Los Angeles, en 1932. Une autre vie, dit-il. Non. La même, répond de Lattre. Puis le déjeuner touche à sa fin. Café. Cigarette. René claque un beau garde-à-vous et part retrouver le champ de bataille.

Les Vosges. Neige. Pinèdes détrempées. Complications liées au terrain. Âpreté des combats. Il faut aller déloger les nazis qui se terrent à flanc de montagne. On chausse les skis. On n'est pourtant pas chasseur alpin. Himmler en personne est aux commandes de l'armée du Reich. L'Alsace est allemande. Elle doit le rester. René tue-t-il? Il ne s'en ouvre jamais. Si la chose est faite, c'est qu'elle doit l'être. C'est mécanique. Pas davantage de plaisir ou de satisfaction là-dedans que dans le fauchage des blés. René peut se mentir, mettre à distance son geste en pensant à la chasse. Mais il est difficile en vérité d'imaginer qu'il ne tire sur personne. Que les décorations qui vont venir alourdir la pochette de son uniforme – croix de guerre (avec deux citations), *Distinguished Service Cross*, *Bronze Star Medal* – n'ont pas été conquises au prix du sang versé. Il peut en tout cas éprouver une forme de dignité retrouvée. L'expiation de ses demi-mesures. Le dépassement de ses dérobades. Sur soixante-douze mille soldats allemands, trente, quarante mille peut-être sont tués à Colmar. Auxquels viennent s'ajouter près de quatorze mille Français et huit mille États-Uniens. René survit donc à Neuchèze, à tant d'autres. Une phrase de *Vol de nuit* nous revient pour lui à l'esprit : « Il venait de vivre quelques heures sur l'autre face du décor... » Le capitaine Bondoux passe une nouvelle fois au travers. D'autant qu'il ne va plus combattre. Ce n'est pas là son choix. Il faut croire que de Lattre a décidément trouvé le déjeuner avec lui fort à son goût (à moins qu'il n'estime qu'un autre officier fera mieux l'affaire désormais pour polir son Bernard).

Toujours est-il que le général nomme René au poste de chef de cabinet.

5

Fini donc la première ligne. L'escadron de reconnaissance. La paranoïa de l'essence dont on dirait qu'elle fuit des réservoirs. La hantise des mines. La surdité des détonations en cascade. René désormais fait la guerre autrement. En vérité, c'est presque pire. Parce que tous les maux de la guerre, il les a désormais étalés devant lui. Ce qu'il vivait à son échelle, il le constate démultiplié. Universel. De son P.C., il subit une inaction qui lui grignote l'amour-propre. Qui l'emplit d'un sentiment de culpabilité dont il met du temps à se défaire. Ainsi de Belfort. René suit les terribles combats sur une carte. Des petits drapeaux de couleur et des épingles plantés au dixième de centimètre près. Si ses oreilles résonnent du bruit de la canonnade, c'est par téléphone interposé. On entend mal d'ailleurs. Le signal est brouillé. La météo est exécrable, giboulées de neige, pluie. Les Allemands en rade mobilisent à tour de bras, dépêchent toutes les troupes possibles, « [...] y compris l'inénarrable *Ohren-Bataillon*, le bataillon des sourds destiné à assurer les services des ouvrages de Belfort et dont les hommes, tous durs d'oreille, sont commandés par des officiers dont l'un souffre de rhumatismes, un deuxième d'une sciatique, le troisième d'une affection cardiaque » (De Lattre). Que c'est dur, pourtant. Que c'est laborieux.

Bernard de Lattre de Tassigny veut rattraper le temps perdu avec toute l'insouciance de la jeunesse qui n'a que la jeunesse à perdre. Lors d'une prise d'armes à Masevaux, alors que les pompiers sont encore à l'œuvre du côté de la lourde fumée noire que dégage l'hôpital incendié, il reçoit la médaille militaire des mains du colonel Demetz. Le roi Jean le prend brièvement dans les bras. Il a les yeux humides. René aussi est heureux. Le petit est toujours en vie.

De son côté, Bondoux cherche encore ses marques. Robert Schuman, Edmonde Charles-Roux ont quitté le cabinet de De Lattre un peu plus tôt. Nous aurions imaginé quelque chose. Par exemple, une sorte de passation de pouvoir entre René et la femme de lettres. Un échange où Cicéron viendrait s'inviter à Palerme. Mais ils ne se sont pas croisés. René évoque surtout Ludovic Tron, qu'il surnomme, à l'instar des autres, « Ludo », et dont il prend la relève. Il écrit que de Lattre appréciait de Ludo « son calme et son sens de la conciliation ». D'où l'on déduit que le Patron va attendre la même chose de René. Qu'il va devoir jouer le rôle à la fois de courroie de transmission et d'amortisseur pour son général. Celui-ci n'étant pas des plus faciles à gérer, mais dont Ludo « acceptait avec philosophie les colères ». On devine donc le capitaine Bondoux à la fois fier de sa nomination, et pas non plus toujours très serein face au général. Ni d'ailleurs face aux autres membres de son cabinet, qui sont d'un certain calibre. Prenez par exemple ce type, là, qui ressemble à la fois à André Breton et à Albert Camus. René en apprécie la grande intelligence mais le qualifie, lui qui pourtant va partout chercher à comprendre la vie, de « nihiliste ». La sagesse le pousse sans doute à ne pas se prendre au sérieux. Jacques Monod sera Prix Nobel de médecine. Cette discipline étant excellemment représentée au sein du cabinet, puisqu'une jeune femme du nom de Solange Troisier y tient le rôle de médecin-lieutenant. C'est une petite brune à la vivacité d'écureuil. Sauf qu'aujourd'hui, elle a le regard vide. Vidé. René veut justement lui tomber dessus car elle lui est redevable d'un rapport. Il ne remarque pas qu'elle tremble. Elle évite la confrontation en pressant résolument le pas. Âgée d'à peine vingt-cinq ans, elle vient de pratiquer sa première amputation dans les conditions aléatoires du champ de bataille. René comprend qu'il ferait mieux de ne pas insister.

L'avocat sent qu'à bénéficier d'une telle vue d'ensemble, il est désormais aux premières loges de l'Histoire.

6

La course-poursuite continue. Les troupes allemandes boutées hors du pays, on veut continuer de les chasser le plus loin possible. Garantir à la France libérée une zone d'occupation digne de ce nom dans le Reich déchu. Pour ce faire, il ne faut pas laisser le champ libre aux Américains qui veulent cantonner les Français à des positions défensives. Il faut aller occuper le terrain. Il faut franchir le Rhin. Bien sûr, ce n'est pas une mince affaire. D'autant que libérer est une chose, que conquérir en est une autre. Les généraux, l'état-major, les soldats, sont peut-être maintenant plus enclins à lever le pied. Pas de Lattre. De Gaulle lui a signifié un ordre. Objectif le Rhin, « [...] dussiez-vous le passer sur des barques ».

Village de Kandel. Une maison à colombages accolée au clocher de l'église Saint-Georges, dont le bulbe est corbeau sous la lune. Les bottes de la sentinelle résonnent sur le pavé. Tête-à-tête entre René et de Lattre. Ça fume beaucoup trop. René se demande s'il ne va pas, en fin de compte, réveiller sa congestion pulmonaire. L'odeur du café vient lui chatouiller les narines. Il regrette celui de Bouchtara, dont il a dû se séparer. Il se demande si son nouveau capitaine a lui aussi droit aux petites fleurs du soir. De Lattre est suspendu au téléphone. C'est compliqué. Ça lutte. Mais tout le monde est à la besogne. On fait tirer à blanc pour couvrir le bruit des canots qui transbordent ce qu'ils peuvent. Les sapeurs font un boulot remarquable. René ne doute pas une seconde de leur débrouillardise : il se souvient du théâtre creusé dans le djebel. On traverse. Une poignée d'hommes seulement, à vrai dire. Résistance par endroits acharnée. Les casemates de la Wehrmacht sont des bouches de feu. Et le bricolage a ses limites. Ça craque de partout. Ici encore, trop d'hommes trouvent la mort des héros. Quarante sapeurs. Un pilote de canot sur deux. On perd beaucoup plus de bateaux qu'on ne parvient à en tirer sur l'autre rive. Immense respect pour tous ces types. Mais à ce rythme-là, on atteindra Stuttgart que les chars russes seront déjà à Paris. De Lattre peste. Il se demande comment faire mieux, comment faire plus. Sur les cartes épinglées aux murs, on voit bien que les Américains disposent de ponts que les Allemands n'ont pas eu le temps de faire sauter. René se poste ostensiblement devant. Il fait glisser son doigt sur le pont de Mannheim. De Lattre se tient à ses côtés. Évidemment, il se demande déjà depuis quelques jours comment amadouer les Américains. On ne leur a encore rien demandé sur ce coup-là. Maintenant qu'on leur a un peu forcé la main, ce devrait être plus facile ? *No man left behind*, comme ils disent si bien. Tout est bon à prendre et de Lattre se félicite d'avoir comme chef de cabinet un type dont la femme est américaine. René apporte une nouveauté dont les généraux de Roosevelt sont friands. Le *small talk* est souvent chez eux un prérequis avant toute entrée en matière. Et c'est le général Guillaume qui obtient, le premier, le droit de faire passer vingt véhicules français. D'embarquer ses troupes dans les camions américains. Mais attention : que des Blancs. René ravale sa salive. Il se souvient de son mariage. Aucun des serveurs pour le coup ne l'était... Et les soldats noirs américains, que disent-ils de cette histoire ? Rien. Ils relèvent à peine. Intérieurement, ils enragent, mais beaucoup d'entre eux ont capitulé depuis longtemps. Dans le civil, c'est d'ailleurs la même chose. Ils n'ont droit qu'aux dernières rangées dans les bus. Si besoin est, ils doivent céder leur place aux Blancs, finir le trajet à pied. Il faudra encore une bonne dizaine d'années avant que Rosa Parks s'entête à faire profiter son arrière-train d'un siège qui lui est interdit.

On se bat désormais contre des enfants. *Hitlerjugend* à peine plus âgés que Jimmy, à qui René s'interdit de repenser. Il est lâchement soulagé de ne plus être dans la tourelle de son automitrailleuse. Une nuit, il fait un rêve. Il joue au ballon avec un gamin de cinq ou six ans. Un blondinet aux yeux bleus immenses, au sourire prodigue. Le petit tape dans le ballon qui est orange vif, qui vient passer par-dessus une haie de thuyas. René ne reconnaît ni le jardin ni l'enfant, mais il se sent chez lui avec son fils, qui emprunte ses traits à un gamin des rues lancé dans la guerre en désespoir de cause. Dans son rêve, René enjambe avec facilité la haie. Il retrouve le ballon orange qui a échoué de l'autre côté, dans un champ en jachère. Mais lorsqu'il tente de regagner le jardin, la haie a pris deux bons mètres de hauteur. Il lutte. Il s'écorche. Une fois parvenu dans le jardin, il s'aperçoit que Jimmy a disparu. Il sait dans son rêve qu'il ne le reverra plus jamais. Les larmes montent.

Il y a forcément des moments où René se dit que tout cela est absurde et vain. Gloriole militaire. On se félicite d'avoir fait ce que Napoléon avait jusqu'alors été le seul à réaliser. Et alors ? Les Allemands sont au sol. Et on leur donne encore des coups de pied dans les reins ? À la nuit tombée, René hésite à aller pisser sur les dents de dragon de la ligne Siegfried. Il ne fait qu'écraser son mégot sur le béton. Un peu de fumée s'élève. La gueule du dragon décidément est froide. Mais René, officier de *réserve*, n'en est pas moins soldat. Il tait ses doutes. Il n'en aura du reste bientôt plus.

7

« C'étaient quatre jeunes soldats à cheval qui avançaient avec précaution, la mitraillette au côté, le long de la route qui bornait le camp. Lorsqu'ils arrivèrent près des barbelés, ils s'arrêtèrent pour regarder, en échangeant quelques mots brefs et timides et en jetant des regards lourds d'un étrange embarras sur les cadavres en désordre, les baraquements disloqués et sur nous, rares survivants.

Ils nous semblaient étonnamment charnels et concrets, suspendus (la route était plus haute que le camp) sur leurs énormes chevaux, entre le gris de la neige et le gris du ciel, immobiles sous les rafales d'un vent humide, annonciateur de dégel.

Il nous paraissait, à juste titre, que le néant plein de mort dans lequel nous tournoyions depuis dix jours comme des astres éteints avait trouvé un point fixe, un noyau de condensation : quatre hommes armés, mais pas contre nous, quatre messagers de paix, aux visages rudes et puérils sous leurs pesants casques de fourrure.

Ils ne nous saluaient pas, ne nous souriaient pas ; à leur pitié semblait s'ajouter un sentiment confus de gêne qui les oppressait, les rendait muets et enchaînait leurs regards à ce spectacle funèbre. C'était la même honte que nous connaissions bien, celle qui nous accablait après les sélections et chaque fois que nous devions assister ou nous soumettre à un outrage : la honte que les Allemands ignorèrent, celle que le juste éprouve devant la faute commise par autrui, tenaillé par l'idée qu'elle existe, qu'elle ait été introduite irrévocablement dans l'univers des choses existantes et que sa bonne volonté se soit montrée nulle ou insuffisante et totalement inefficace. »

Si l'on doit continuer à vivre, on aura du remords à se montrer obscène. On ne saura plus bien distinguer ce qui est acceptable de ce qui ne l'est pas. Il y aura une ombre logée au cœur des plaisirs les plus innocents. On ne pourra pas faire autrement que de l'apprivoiser. Il y aura aussi l'espoir sporadique de la dépasser. De s'en servir pour faire quelque chose des jours qui viennent. D'y recourir, comme à un puits profond qui irrigue, plutôt que de s'y laisser choir comme dans un gouffre. Il y aura encore cette ivresse du malheur qui terrasse en secret, lorsque l'on s'y attend le moins. On a voulu penser que la guerre finissante apporterait la paix, le retour à l'avant. Mais le monde vient de changer. Le fruit défendu, nous y avons croqué à pleines dents. Et si l'avant perdure en nous, son filet de voix a la naïveté des serments oubliés. René n'est pas épargné par cette révélation. Par pudeur, il la tait. Nous nous recueillons à notre manière. Nous relisons Primo Levi qui raconte, dans *La Trève*, la rencontre des prisonniers d'Auschwitz avec leurs sauveurs soviétiques.

Le 7 avril 1945, la 1re armée française libère le camp de Vaihingen. Enfin, ce qu'il en reste. Le camp de Vaihingen se présente comme une série de baraquements de bois à flanc de coteau, entourés par les barbelés et les miradors. Les Allemands y ont parqué les impropres au labeur. Une épidémie de typhus y sévit encore. De Lattre parle de sept à huit cents prisonniers. Si le travail rend libre, alors ceux-là sont sans espoir. Ceux qui pouvaient encore marcher ont été poussés jusqu'à Dachau. De la nécessité de l'effort historique : ni l'*Histoire de la première armée française* de De Lattre, ni l'article de James de Coquet, paru dans *Le Figaro* du 18 avril 1945, ne soulignent la surreprésentation des Juifs parmi les déportés. Le 3 septembre 1944, *L'Humanité* est encore loin du compte : « On sait que des centaines de milliers [d'Israélites] ont passé dans la chambre à gaz. » Longeant le camp dans sa jeep, René voudrait détourner le regard. Il voit les brancards, un trou qui s'apparente à une fosse commune. Il se souvient du grand Pierre Masse. De tant d'autres.

La 1re armée continue sa progression. Le capitaine Bondoux est maintenant à Lindau, sur le lac de Constance. Miroitement printanier. Maisons cossues qu'on dirait sorties d'un conte de fées. Sonnettes des bicyclettes qui tintent gaiement. Sourires, oui, sourires qu'il faut bien rendre. Une promesse est peut-être à y déceler. Surmonter l'obscénité sera se montrer digne du lendemain.

8

C'est ce qu'il aimerait leur dire, René, aux V.I.P. de l'hôtel Bad Schachen. Mais poli, il écoute. La salle de réception bruisse d'argenterie. Les lustres éblouissent. René se farcit le récit de la folle libération des prisonniers du château d'Itter par des déserteurs de la Wehrmacht aux prises avec la SS. Le mousquetaire du tennis Jean Borotra tient le crachoir. Deux jours plus tôt, c'était le fusil. Édouard Daladier, Paul Reynaud, Maurice Gamelin, Léon Jouhaud, Michel Clemenceau (« avec son sourire d'homme du monde fatigué », écrit René), Maxime Weygand (« donnant l'impression [...] d'un contrôleur des contributions », toujours selon René – et il n'est pas inintéressant de noter que de Lattre, dans son *Histoire*, affirme quant à lui conserver son « entier et respectueux attachement » à son « vieux chef », qu'il existe donc des dissonances entre le général et son chef de cabinet) sont là aussi. Ils n'ont pas l'énergie d'être en verve. Ils abandonnent le devant de la scène au gagnant de Wimbledon et de Roland-Garros. La cohabitation, sans doute, les a usés : rarement opinions divergentes ont eu à partager un même toit. Chacun a hâte de laisser derrière soi ses compagnons de captivité. Bien que luxueux, l'hôtel Bad Schachen est encore une annexe du château d'Itter. René pareillement prend son mal en patience.

La seule personne avec laquelle il souhaiterait échanger, c'est cette femme discrète, amaigrie, au regard absent, aux cheveux blancs rassemblés qui jouent cependant les rebelles. Marie-Agnès Cailliau, sœur aînée de Charles de Gaulle, semble prise d'une grande lassitude. Par sa seule présence, elle dit mieux que René la responsabilité d'être en vie. Alors il sort prendre l'air. Fumer une cigarette dans la quiétude du lac au crépuscule. Il fait seul les cent pas sur la jetée qui part du grand hôtel. Il sent, parce que leur souvenir se tasse, qu'il est grand temps pour lui de retrouver Virginia et Jimmy. Quand le pourrai-je seulement. Il baigne dans une mélancolie inhabituelle. Il se demande si c'est là le spleen du vainqueur. Lui qui a remporté tant de duels sait pourtant que cette nausée faussement tranquille n'y ressemble pas. La nuit est encore longue. De Lattre attend que tout ce beau monde regagne ses appartements. Puis il va frapper à la porte de Jean Borotra, de Maxime Weygand, afin de leur annoncer qu'ils sont en état d'arrestation en raison de leur participation au gouvernement de Vichy. Dans sa chambre, René attend. Se fait confirmer tout ça. Décroche son téléphone pour donner des instructions parce que quelqu'un a dit que l'intendance suivrait et que l'intendance, c'est lui. Une dernière cigarette achève de se consumer dans un cendrier de cristal. Il est entre cinq et six heures du matin. À travers les rideaux tirés, le lac de Constance miroite dans le lever du jour. Enfin, René se couche.

Mais se couche-t-il vraiment ? Nous l'imaginons en pyjama. Son long corps est éreinté. Ses pieds sont gonflés. Son visage ne sourit plus du tout. Il voudrait seulement dormir. Or voilà que le téléphone sonne derechef. Le beuglement est atroce. Il considère un instant le combiné d'un œil franchement haineux. Et puis, que peut-il faire d'autre : il répond.

C'est de Lattre. Il a perçu mon manque d'enthousiasme, se dit René. C'est sa manière à lui de me botter le train. Il écoute avec attention le général. Il jurerait que celui-ci lui dit mon vieux, ressaisissez-vous. Le premier emportement passé, en son for intérieur, René remercie le roi Jean.

— Les Américains me demandent de ne prendre qu'un seul officier avec moi. Demetz est mon chef d'état-major. Il vient. Mais quand il y a de la place pour deux, il y a de la place pour trois... Bondoux, rendez-vous dans une heure. Nous allons à Berlin.

9

Aérodrome de Mengen. Papillons fragiles, les petits piper-cubs se posent. De Lattre, Demetz et Bondoux mettent pied à terre. Regards circulaires. L'avion américain qui doit les emmener à Berlin n'est pas encore là. Bon. Il est neuf heures tapantes. On attend. À neuf heures trente, on attend toujours. La reddition inconditionnelle de l'Allemagne nazie doit être signée à treize heures. De Lattre, toutes les minutes, regarde impatiemment sa montre. Assis jambes croisées, il joue de la canne sur sa cuisse comme un cavalier sans monture. Visage crispé. Colère outrée. René et son ancien supérieur forment une équipe soudée. Ils se démènent au téléphone. Ils suent. Sous leurs aisselles pointent déjà les auréoles. Et puis, enfin, le vrombissement d'un Dakota se fait entendre. Les montres indiquent dix heures.

Au décollage du Dakota, René essaie de piquer un roupillon. Ce n'est pas le cas du Patron qui lui assène une série de petites tapes sur l'épaule alors qu'à peine il commence à respirer profondément. Il faut préparer un discours. La France est sur le point de participer à un moment historique. René ne dormira donc jamais. Il se munit d'un stylo, d'une feuille de papier. Il commence à jeter des idées. Il arrange, affine au gré des retours de De Lattre. Se montre un peu timide au goût du roi Jean, qui entend bien faire de cette occasion unique un triomphe, qui regrette d'avoir été prévenu en dernière minute et de n'avoir eu le temps de faire monter à bord – le Dakota est pour ainsi dire vide – ni journalistes, ni photographes français. Qu'importe. Son discours devra en être d'autant plus fort. Pour trouver les bons mots, René remue sa guerre. Il se souvient. Il revit les combats. La boue. La peur. Il tente des choses. Il biffe. La guerre est encore si vive en lui qu'il lutte pour s'en extraire. En faire une belle image, propre et désincarnée. Une Érinye apaisée, le doigt sur la couture. Par moments, il cherche l'inspiration à travers le hublot. La terre aveugle. René a besoin de quelques secondes pour comprendre. Les villes allemandes gisent comme des bibelots brisés. Des cloches de neige écrabouillées, dont le verre est étalé à perte de vue. Mais c'est bientôt Berlin. Aplatie. Méconnaissable. Comme des confettis de feuilles mortes sur un paillasson. Le Dakota survole ainsi un colisée éventré. Le stade olympique, détruit. René se souvient encore. 1936. La médaille d'argent. Le salut de Joinville. Signe avant-coureur de l'avilissement, peut-être. Il se redresse. Il se retrouve. Voilà ce contre quoi j'ai lutté toutes ces années. Il rature de nouveau. Réécrit. De Lattre consent à hocher la tête. Le Patron relit désormais. Mémorise et bombe le torse. La piste approche. René distingue clairement des cratères un peu partout. Des moignons de béton armé tordus dans un dernier salut. Des carcasses d'avions calcinées. Le Dakota atterrit. L'Histoire attend.

On voudrait en tout cas s'en convaincre. Car, à vrai dire, elle semble avoir complètement oublié les Français. De Lattre, Demetz et René sont accueillis au pied de l'avion par une petite délégation soviétique. Et c'est ici que notre tâche se complique brusquement.

Si nous écoutons de Lattre, nous continuons : une poignée

d'officiers leur expliquent qu'il faut encore attendre le général Sokolovski. Celui-ci arrive bientôt, serre les mains. Fait défiler un bataillon où chaque soldat a sur l'épaule la baïonnette du camarade qui le suit.

Mais si nous suivons René, nous donnons une version totalement différente des faits, qui nous semble d'ailleurs beaucoup plus en phase avec ce qui va suivre. Hormis ces trois ou quatre officiers, pas de troupes pour rendre les honneurs. Et les officiers soviétiques ont l'air à peine au courant de ce dont il retourne.

Les trois Français ont le ventre creux, les idées chamboulées. Ils se glissent sans attendre dans deux voitures réquisitionnées. Une quinzaine de kilomètres séparent l'aéroport de Tempelhof du quartier général soviétique installé à Karlshorst, dans une ancienne école militaire. Le trajet devrait donc être court. Il ne l'est pas. Ce qui subsiste des routes est encombré de camions de transport de troupes, de charrettes à bras tirées par des soldats harassés, de pierraille, de résidus de barricades que les habitants poussiéreux débarrassent dans des seaux qu'ils vont vider dans les ruines. Retour à l'expéditeur. Par endroits, les démineurs sont encore à l'œuvre. Auscultent les décombres de leurs longues tringles d'acier. Des gendarmettes soviétiques règlent le ballet de la circulation. Elles sont autant de bouffées d'air frais. Elles ont la robustesse de la santé. Les joues rouges et les sourires francs des paysannes qui font des mosaïques du métro moscovite des chefs-d'œuvre de réalisme socialiste. Elles attirent le regard, on ne voudrait voir qu'elles. Mais, par la fenêtre baissée, on ne peut ignorer la dévastation. Sur les clichés dont nous disposons (nous précisons qu'ils ont été pris en juin 1945), René dans les rues de Berlin a les yeux dans le vague. Le regard atone. Lui qui d'ordinaire a toujours la politesse de se montrer gai, il encaisse. Sous ses pas crissent le plâtre, le verre et la pierre. Il porte de temps à autre la main à son calot, qui glisse. En petite délégation, on visite les ruines de la chancellerie hitlérienne. René emboîte le pas à de Lattre. Partout les graffitis russes tissent un lierre vengeur. Les maquettes d'Albert Speer chavirent à moitié détruites. La fin du Troisième Reich a entraîné la mort dans l'œuf de ses rêves les plus fous. *Germania* devait se défaire de sa chrysalide berlinoise afin de muer en capitale du monde.

Dans la première voiture, de Lattre aux côtés de Demetz trépigne : il craint que toutes ces étapes ne l'aient mis en retard. René, dans la seconde, n'a plus envie de dormir. La banquette sur laquelle il est assis ne s'y prête pas qui est éventrée, par endroits trouée de cigarettes. Il est surtout magnétisé par la matérialité de la débâcle qui a pourtant quelque chose d'irréel. Certaines ruines sont coiffées de grands panneaux rouges dont les lettres de peinture blanche sèchent encore. René ne lit pas le russe, mais il devine assez facilement de quoi il retourne. Gloire à l'Armée rouge. Le cœur de René bat au rythme d'un oxymore. Son tacot aborde enfin un ensemble de bâtiments minimalistes à l'allure martiale.

Nous sommes arrivés.

10

Démêler le vrai du faux. Distinguer le fantasmé de l'avéré. Ce n'est pas le but que nous poursuivons. Nous voudrions seulement éclairer les coulisses. Montrer à quel point les initiatives humaines sont aléatoires. On bâtit des légendes, mais le marbre s'effrite. On voudrait des héros, mais on n'a que des hommes. Et leur mémoire est faillible. Les détails se télescopent. Les temporalités dérivent. Surtout lorsque les êtres sont fatigués, qu'ils ont l'estomac vide. Un général a sans doute davantage besoin de prestige qu'un officier de réserve. Le témoignage du premier est aussi révélateur que celui du second. Ainsi de Lattre voit-il à Tempelhof une revue de troupes quand René se dit à peu près seul sur le tarmac. Les témoignages concordent, ou ne concordent pas. Ils sont cependant unanimes lorsqu'il s'agit de l'essentiel : personne n'est en mesure de renseigner les Français ni sur l'horaire, ni sur l'endroit où aura lieu la signature – ce qui, légitimement, les rend plutôt anxieux : pourquoi donc nous le cacher? De Lattre, Demetz et Bondoux en tirent la même conclusion : ils ne sont tout simplement pas prévus au protocole. Ils sont logés dans un petit pavillon qui ne paie pas de mine. Des soldats russes y fument, négligemment assis sur les marches de l'escalier. De Lattre, laconique : « Au bout d'un étroit couloir, [...] une pièce meublée d'un fauteuil, de deux chaises et de trois matelas, posés à même le sol mais recouverts de draps empesés [...]. L'installation a dû être improvisée. » Pas d'eau. De douche, encore moins. Il n'est pas la princesse au petit pois. Le premier réflexe de René est de s'approcher du matelas. De vouloir s'y étaler... Mais ni de Lattre ni Demetz n'ont bougé d'un pouce. René se reprend. Bon. L'ambiance à Karlshorst est étrange. L'escrimeur se débat avec le sentiment de ne pas être beaucoup plus qu'un touriste. De Lattre évidemment ne l'entend pas du tout de cette oreille.

— Demetz, Bondoux, allez glaner des informations. On ne comprend rien à ce qui se passe ici. Et puis nous mourrons de faim, ce n'est pas possible. Trouvez donc quelque chose.

On utilise le langage des signes pour faire comprendre aux Soviétiques qu'on souhaiterait déjeuner. Ils acquiescent et sont rapidement de retour avec – allez savoir pourquoi – un phonographe. De Lattre, Demetz et Bondoux écoutent *Katioucha* les mains dans les poches. Pas vraiment rassasiés. Mais on finit par se mettre « quelque chose » sous la dent. Ce « quelque chose » diffère encore selon l'un ou l'autre. René se rue sur des « plats appétissants de zakouski, de charcuterie et de saumon fumé qu'il nous [est] possible d'arroser de vodka ou de bière ». De Lattre, quant à lui, parle de simples « sandwichs ». Le reste de l'après-midi est investi dans la quête de renseignements. D'abord frénétiquement, parce qu'on a peur de rater le train. Puis, comme personne ne semble vouloir se presser, avec de plus en plus de flegme. On apprend cependant que la signature aura lieu à tel endroit. On se fait confirmer avec horreur que les Français ne sont pas conviés à signer. D'ailleurs, dans la grande salle où la reddition doit avoir lieu, un faisceau regroupe les drapeaux des États-Unis, de l'U.R.S.S.

et du Royaume-Uni. Nulle trace du drapeau français. Alors de Lattre ne perd pas un instant. Il va faire du porte-à-porte. Tente d'amadouer Américains, Soviétiques et Britanniques. Un brigadier général rit au nez de Demetz. Et pourquoi pas la Chine, tant qu'on y est! (Nous aurions presque envie de le prendre au mot : près de vingt millions de Chinois sont morts, entre 1937 et 1945.) Au maréchal Tedder, l'adjoint d'Eisenhower qui est le commandant en chef des forces alliées, de Lattre affirme qu'il ne peut pas rentrer en France sans signer.

— Je risque la guillotine.

Tedder sourit. Je vais voir... Le Britannique sait que de Lattre ne blague qu'à moitié. Des trois Français, René est certainement celui qui parle le moins mal anglais. Sa mission est donc de marquer les Britanniques à la culotte. Il se rend à la villa de Tedder dont le confort apprêté, l'abondance de mets disponibles, lui font un instant éprouver quelque jalousie. Pendant ce temps-là, Demetz fait des pieds et des mains pour dénicher l'introuvable : un drapeau français à ajouter à ceux des Trois Grands. C'est peine perdue. Demetz se résout donc à faire ce à quoi les Français sont souvent réduits, ce à quoi souvent ils se complaisent : il bricole. D'un bout à l'autre de cette épopée, malgré la barrière de la langue, il semble bien que ce soient les Soviétiques qui se montrent les plus compréhensifs et les plus serviables. Ils ont, eux aussi, le bricolage dans la peau. Avec un brin de connaissance spatiale en sus, ils mettront bientôt le premier homme en orbite. De Lattre : « Les Russes (sic) se décident à [...] fabriquer un [drapeau français] avec une pièce d'étoffe rouge empruntée à un ex-pavillon hitlérien, une toile blanche et un morceau de serge bleue découpé dans une combinaison de mécanicien. Hélas! [...] lorsqu'une jeep apporte le drapeau ainsi confectionné, nous découvrons... un magnifique drapeau hollandais : le bleu, le blanc et le rouge ont été cousus non pas les uns à côté des autres mais les uns au-dessus des autres ! Il faut tout recommencer, mais le bleu, cette fois, est trop court pour entourer la hampe. » Nous rions, et nous pleurons aussi. De Lattre, quoi qu'il en soit, a donc eu gain de cause. Joukov est d'accord pour l'U.R.S.S. Le Britannique Tedder est d'accord pour les Américains et les Britanniques. L'Américain Spaatz n'y voit aucun problème non plus. C'est sans doute l'une des plus belles victoires du roi Jean. Le drapeau français est ajouté à la hâte, on distingue clairement que sa hampe est plus courte. Comme si un nain avait voulu se glisser entre des géants. L'addition de la France à la liste des signataires n'est pas non plus sans conséquences administratives. Il faut faire retaper tous les documents. En neuf exemplaires, donc : trois en russe, trois en anglais, et trois en allemand. De Lattre est un instant sur le point de lever la main pour réclamer l'ajout du français. Il se retient. Les dactylos soviétiques sont remarquables. D'authentiques stakhanovistes. Leur tâche est d'autant plus ardue qu'elles s'affairent à la lueur de bougies. René et les autres ont bien noté les gros groupes électrogènes disposés autour du bâtiment carré qui va accueillir la cérémonie. Les Soviétiques sont précautionneux. Ils ne voudraient pas que les projecteurs lâchent alors que les Allemands sont en train de signer. Alors ils les économisent. Vingt heures. De Lattre, Demetz, Bondoux ne s'inquiètent plus désormais du temps qui passe, tout juste s'ils remarquent qu'on a sept heures de retard sur l'horaire prévu, qu'ils ne s'expliquent toujours pas ce retard. Ils échangent entre eux des sourires complices. Le drapeau est ridicule. Mais le ridicule ne tue pas. On est à bord du train de l'Histoire. On ne peut pas dire qu'on soit en première classe mais, au fond, peu importe.

On en oublierait presque les avaries, puisque la destination est la bonne. Seulement voilà.

Tout est à refaire.

C'est Tedder qui l'annonce à de Lattre. Il le prend à part. Entre deux bouffées de pipe lui explique. Andreï Ianouarievitch Vychinski a été l'un des chefs d'orchestre des procès-spectacles de 1937. C'est le bras droit, la caution juridique de Staline, qu'il a accompagné à Yalta. Vychinski vient d'atterrir de Moscou. C'est à cause de sa venue différée que la signature a pris tant de retard. Le Soviétique connaît le poids que peut avoir un bout de papier. Et le nouvel arrangement conclu par de Lattre et les autres dans son dos ne lui convient pas du tout. Trop de signataires. C'est la kermesse. C'est la foire. On est en train de reléguer la victoire de l'Armée rouge, son sacrifice inégalé au second plan, et c'est inadmissible. Si l'on s'est donné la peine d'organiser cette cérémonie berlinoise, c'est justement parce qu'Américains et Britanniques ont déjà pris acte de leur côté, la veille, à Reims, de la capitulation de l'Allemagne nazie. Cette signature est donc placée sous l'égide de l'U.R.S.S. Si un Français signe, alors Spaatz doit lui céder son strapontin. Et toutes sortes d'arguments très recevables si l'on se place du point de vue de Vychinski, qui reste comme tout bon marionnettiste absolument invisible. Mais l'Américain Spaatz (visage rectangulaire sur lequel sa moustache incruste un autre rectangle), bien entendu, refuse de ne pas signer. Lui non plus n'a pas fait le voyage pour être un simple spectateur. Ces arguties peuvent se révéler stériles pour le commun des mortels.

Pas pour René, qui se souvient justement qu'il est un peu juriste. Sans doute glisse-t-il à de Lattre qu'un témoin n'est pas une partie. Que tout le monde peut signer en des qualités différentes, qu'ainsi personne ne perdra la face.

De Lattre met toute son énergie à convaincre Tedder. Qui va, la pipe au bec, démarcher les autres.

Les mèches des bougies ne tiennent plus qu'à un cheveu. Les dactylos sont tentées de faire la grève. Mais elles retapent, une nouvelle fois, les documents. Il ne faut tout de même pas pousser : toujours en trois langues.

Témoins ou parties, chacun y a désormais sa place.

11

La suite des événements est mieux connue. Les projecteurs sont allumés dans la grande salle de l'école militaire de Karlshorst. Les appareils photo crépitent. Les caméras tournoient. Elles capturent d'ailleurs le faisceau de drapeaux où le nôtre fait pâle figure. Elles enregistrent aussi la présence de René aux côtés du général de Lattre de Tassigny. Le chef de cabinet a l'air d'hésiter. Il se demande s'il a le droit de pénétrer dans la salle. Le videur n'est pas vraiment impressionnant – un juvénile préposé soviétique à la casquette trop grande, à qui il prend une bonne tête. Alors il y va au bluff, le clope nonchalant, affectant un air sûr de lui. Tout le monde s'installe. Enfin, les projecteurs s'allument. Le Generalfeldmarschall Wilhelm Keitel et sa suite arrivent. Dans un flash, René revoit le même Keitel tout sourire, derrière Hitler et Göring, dans la tribune présidentielle des Jeux olympiques de 1936. Les Allemands sont tirés à quatre épingles. Ils sont accueillis avec morgue. Ils s'installent. Non sans que le maréchal remarque à part soi, suffisamment fort cependant pour qu'on l'entende :

— *Die Franzosen hier… Skandal !*

Bien sûr, la signature prend du temps. Toutes ces pages ont été tapées, puis retapées deux fois encore avec soin par des dactylos émérites. Le moins que l'on puisse faire est de les signer à l'avenant. Quand on a enfin terminé, la nuit du 8 mai est bien avancée. Si bien que si Staline, pour cause de fuseau horaire, fait fêter la Victoire le 9 mai, c'est un peu à cause des Français. Le maréchal Keitel et les siens quittent la salle. Ils se disent peut-être que le plus dur est fait. Certains d'entre eux se trompent, qui seront bientôt jugés à Nuremberg.

Mais Joukov décide qu'il faut fêter la victoire sur l'Allemagne nazie en bonne et due forme. La nuit ne fait donc que commencer. Il suffit de dire qu'une vingtaine de toasts à la vodka sont portés – Joukov plus malin étant au vin rouge, sans doute un vin de Géorgie cher à Joseph Staline. Accordéon, balalaïka... des musiciens virtuosent. De Lattre, cependant, est renfrogné. Les premiers toasts ne mentionnent pas la France. D'ailleurs, le général n'accepte rien ni ne boit. René par conséquent hésite à prendre du bon temps. Il est lui-même enchevêtré dans des sentiments contradictoires. Il repense à Dunkerque. À Figueras. À Vaihingen. Pourtant il est ici, maintenant, et sa voisine, major de l'U.S. Army, est charmante. On explique à Joukov les raisons de la bouderie de De Lattre. Alors le Russe se lève. Il est massif. Beau comme un taureau. Il a une fossette au menton. Un charisme monstre. Seul Kessel, peut-être, lui arrive à la cheville. Il porte un toast inspiré à la Résistance française. Au général de Gaulle. Hourras. De Lattre se déride. C'est ensuite au tour de l'homme invisible de prendre la parole. Vychinski l'intellectuel en effet a fini par se montrer. Il loue quant à lui la Révolution française. L'esprit de la Commune. Puis, tout en essuyant ses lunettes rondes, il corrige tranquillement l'interprète francophone qui, tant bien que mal, traduit à sa suite, suant à grosses gouttes. De Lattre à son tour prononce un discours. René entend ses mots, ceux-là mêmes qu'il a assemblés ce matin, dans le Dakota. Les musiciens entonnent une *Marseillaise* à réveiller les morts. René d'instinct se redresse. Il a les larmes aux yeux, pour une multitude de raisons.

Il est sept heures du matin lorsque le rideau tombe.

12

Marseille, justement. La guerre en Europe est terminée. Les navires américains ont quitté leurs ports d'attache pour le rapatriement des G.I. À bord d'un bateau encore vide, Virginia et Jimmy sont de retour en France. Plus besoin de tenir Jimmy en laisse. Virginia débarque avec pas moins de onze caisses en bois. *Avant de partir, je fais le plein ; [...] des vêtements, des chaussures, des livres, des jouets...*

René, toujours mobilisé, est en uniforme. Il retrouve femme et enfant sur le quai pavoisé. Contrepoint méditerranéen à *Miss Liberty*, Notre-Dame-de-la-Garde se penche sur eux comme une bonne fée. Entre rire et larmes, Virginia retoque le béret de son mari. Quelques rides sillonnent ses yeux que René trouve infiniment belles. Elles matérialisent le temps, la distance et l'inquiétude. Elles parlent d'amour. Jimmy a six ans. René est terrassé de tendresse. Son fils ne parle pas un mot de français. Mais à ce moment précis, il n'y a qu'un mot qui fasse l'affaire, et ce mot est universel.

— Papa.

PROLONGATION

1

Et nous. Pourquoi avons-nous écrit ce livre ? Pour établir à quel point on en sait peu d'un homme ? Explorer ses zones d'ombre par-delà les légendes ? Dissiper la brume qui l'entoure à la poursuite de son fantôme ? Et pourquoi donc cet homme, justement pas un autre ? Son destin était-il plus romanesque ? Sa vie plus édifiante ? Sa morale et son sens du devoir plus à même de devenir *exemplaires* ? Peut-être. Avons-nous souhaité marcher dans les traces d'un témoin qui nous a, par le truchement d'un hasard souverain, légué ses Mémoires, et tant d'autres choses ? Par le subterfuge du roman, nous rapprocher de quelqu'un que nous ne connaîtrons pas, dont nous sentons à présent qu'il va nous manquer ? C'est possible. Avons-nous écouté notre instinct qui nous dictait la démarche, inventé dans la glaise du réel une sorte d'itération chanceuse et pas toujours tendre de l'honnête homme ?

Juillet 1947. Météo fantasque. Les quatre saisons dans la même journée. On ne s'étonnerait pas de voir tomber la neige. Au gré des éclaircies, Jimmy joue dans le jardin. La terre est rendue meuble par les averses intermittentes. Jimmy a chaussé les bottes, oublie de s'essuyer les pieds avant de rentrer dans la maison. Le bonheur. Une fille vient de naître chez les Bondoux. Caroline. La famille se repose. Y compris René, qui a remonté son cabinet parisien. Il croule sous les dossiers. Par exemple, cette affaire d'escroquerie à l'« eau lourde » : un malfrat bon chic bon genre a rackетté des bourgeois en leur faisant croire qu'il était en mission secrète, qu'il recueillait des fonds pour que la France puisse se munir de la bombe atomique (il est cependant plus probable que l'eau de Lourdes fasse disparaître les verrues). Jimmy de nouveau passe côté jardin. Il pousse un cri de victoire. Se met à hululer comme un Indien. En creusant au pied d'un vieux chêne, il a exhumé un vrai trésor. Une cuiller en argent, qu'on avait enterrée pour la cacher aux Allemands. La fenêtre du bureau de René est ouverte. Il lève les yeux de son livre. Il sourit. Avant de se replonger dans sa lecture – disons, *Retour de l'U.R.S.S.*, que nous avons trouvé dans sa bibliothèque –, il jette un regard sur le sabre d'apparat d'un général allemand, prise de guerre offerte par le roi Jean. Les petits yeux en simili rubis de la gueule de lion de la poignée ont un éclat endormi. René en éprouverait presque une forme de nostalgie. Mais il sursaute soudain. Le téléphone. Il enfile précipitamment ses charentaises. Caroline et Virginia font la sieste, à l'étage. Le repos étant un concept totalement étranger à la personne que René est sur le point d'avoir au bout du fil. Il veut se dépêcher. Il se prend les pieds dans le tapis. Ça y est. Il décroche.

Jean de Lattre de Tassigny veut que René l'accompagne en Amérique du Sud. Argentine. Chili. Le voyage doit durer six semaines. René sait déjà qu'il va y aller. Mais de Lattre aime bien vaincre. Alors René lui donne un peu de fil à retordre.

— Six semaines... Mais vous n'y pensez pas, mon général. Et mon cabinet. Et ma famille.

— Bondoux, vous voulez que je vous mette aux arrêts pour insubordination ?

2

Si René part en Argentine avec de Lattre, c'est pour faire renouer la France avec l'Argentine, et le pouvoir de Paris avec celui des Perón. À l'hôtel de Buenos Aires, René veut vérifier les effets de la force de Coriolis : est-il vrai que l'eau s'écoule en un sens dans l'hémisphère Nord, en un autre dans le Sud ? Il ouvre le robinet. Il a beau scruter la paroi du lavabo, il ne croit voir aucune différence. Il hausse les épaules. Après tout, je ne suis pas scientifique. Et il faut que je me prépare. Une dizaine d'années plus tard, René tombera sur un article très sérieux, ironique à souhait, dans lequel il sera affirmé que la force de Coriolis explique que les vaches mastiquent dans le sens des aiguilles d'une montre dans l'hémisphère Nord, et en sens inverse dans l'hémisphère Sud.

Casa Rosada. Rencontre entre chiens de faïence. Juan Perón offre une cigarette à de Lattre. Mais, alors qu'il veut l'allumer, il apparaît que son briquet est grippé. De Lattre fait mouche :

— Monsieur le Président, nous avons le même souci en France… *No dollar, no gazoline*.

Rires. Un immense sourire à la Fernandel ne quitte plus désormais le visage de Juan Perón.

En compagnie d'Evita, on traverse les faubourgs de

Buenos Aires à l'arrière d'une luxueuse berline noire. La première dame est la princesse, la sainte des humbles et des pauvres. L'idolâtrie (la ferveur, c'est selon) pour la Vierge Marie trouve en cette Marie-Madeleine fantasmée, médiocre actrice de vingt-huit ans, un réceptacle inespéré. Elle vient de faire obtenir le droit de vote aux femmes. Immense victoire dans ce pays au patriarcat certainement prédominant. René à ses côtés ne se défait pourtant jamais d'un malaise qu'il ne s'explique pas, qui est le subtil résultat de l'addition du rejet de cette marquise de pacotille, coiffée à la Pompadour et qui voudrait vivre un conte de fées, qui sans être malhonnête se montre malapprise dans la générosité ; et de l'attirance qu'il ressent pour la désarmante naïveté de cette Cosette parvenue, pour la fraîcheur de sa peau et sa vivacité joyeuse – une fleur éclose. Si bien que le sentiment qui prédomine chez René à l'égard d'Evita est une sorte de pitié mal placée. La jeune femme retourne rapidement à ses bonnes œuvres.

On visite aussi les cénacles. Le Campo de Mayo, qui est le Saint-Cyr argentin. Bien sûr, on y trouve une salle d'armes. Le regard de De Lattre est sans équivoque. De sa canne, il désigne d'ailleurs les fleurets alignés. Récriminations muettes de René : je ne suis pas entraîné, ce n'est pas mon équipement, je vais nous couvrir de honte... Mais le général le fixe du regard. C'est un ordre. Grognant intérieurement, à quarante ans passés, René reprend donc le fleuret. Il revêt l'équipement qu'on lui tend, mais il garde ses chaussures. Son opposant a bien quinze ans de moins que lui. Premiers échanges d'amabilité. À sa grande surprise, René découvre qu'il est toujours assez solide. Il se souvient de ses quatre victoires d'affilée sur des fleurettistes argentins, à Los Angeles. Un de ses plus beaux faits d'armes. Une vieille douleur se réveille. La hanche. René a une brève grimace que personne ne remarque. Il ne dit rien. Le combat est assez inégal – notre homme a vraiment de beaux restes. Il lit dans le jeu de l'Argentin, devine ses intentions. Son adversaire « chagrine » aussi beaucoup. Nous voulons cependant le voir se laisser toucher. La phrase d'armes est menée à son terme. L'Argentin l'emporte.

Dans le vol vers le Chili, suspicieux, de Lattre demande :

— Bondoux, dites-moi, cette dernière touche...

René a un petit sourire en coin.

3

Tout finit. Dans la grande impermanence, nous virevoltons. Il ne faudrait pas en concevoir de la tristesse ou du désespoir, plutôt une forme de nostalgie que nous tâcherions d'accueillir. Elle croît avec l'âge jusqu'à régner sans partage. Aimer souvent la nostalgie, regretter peu de ce que l'on a pu faire ou au contraire manqué de faire : là réside sans doute la félicité ; l'équilibre est précaire.

Au soir de sa vie, René confesse avoir beaucoup travaillé. Un homme s'est tenu dans le rang. Il a sa vie durant exécuté un plan qui n'en était pas un, qui laissait la part belle aux hasards favorables. La seule ambition étant de resplendir si on lui en donnait l'occasion. René l'a fait. Rendu humble par les grands, méfiant de ses propres carences par les moins grands qui l'ont précédé dans cette fonction, il est devenu bâtonnier de Paris entre 1963 et 1965. Il reçoit les insigne et plaque de grand officier de la Légion d'honneur des mains de Jacques Chirac. Le jour même, l'ami Lemoine meurt.

C'est à lui que René pense en ce jour d'été corse. Tout finit. René nage. À plus de quatre-vingt-dix ans, bien sûr, le souffle est court. La cadence alanguie. Béatitudes. Il remarque à fleur d'eau des oursins qui le tentent. Il se rapproche de la rive. Au ralenti, il frictionne son long corps fripé, bon pied bon œil, le pas tout de même est moins sûr qui regagne une maison cachée par les figuiers. De la terrasse, Virginia regarde la mer. Elle se souvient de la Californie. René n'est plus qu'à quelques mètres. Virginia revoit le jeune homme qui ne l'a pas remarquée, un soir de fête foraine.

Composition : PCA.
Achevé d'imprimer
sur Roto-Page
par l'Imprimerie Floch
à Mayenne, en juin 2023.
Dépôt légal : juin 2023.
Numéro d'imprimeur : 102742.

ISBN 978-2-07-302611-8 / Imprimé en France.

598086